U0146554

方寸乾坤

迟锐 郭磊 编著

群言出版社
QUNYAN PRESS

· 北 京 ·

图书在版编目（CIP）数据

方寸乾坤 / 迟锐，郭磊编著 . -- 北京：群言出版
社，2022.10
　　ISBN 978-7-5193-0763-9

　　Ⅰ . ①方 … Ⅱ . ①迟 … ②郭 … Ⅲ . ①核雕—作品集
—中国—现代 Ⅳ . ① J322

中国版本图书馆 CIP 数据核字 (2022) 第 167085 号

策 划 人：温华军
责任编辑：肖贵平
封面设计：毛嘉豪
版式设计：辰征· 文化

出版发行：群言出版社
地　　址：北京市东城区东厂胡同北巷 1 号（100006）
网　　址：www.qypublish.com（官网书城）
电子信箱：qunyancbs@126.com
联系电话：010-65267783　65263836
法律顾问：北京法政安邦律师事务所
经　　销：全国新华书店

印　　刷：朗翔印刷（天津）有限公司
版　　次：2022 年 10 月第 1 版
印　　次：2022 年 10 月第 1 次印刷
开　　本：889mm×1194mm　　1/16
印　　张：24
字　　数：300 千字
书　　号：ISBN 978-7-5193-0763-9
定　　价：298.00 元

迟　锐

中国民盟北京市文化委员会委员
WWF 世界自然基金会顾问
Traffic 首席顾问
北京市美术家协会会员
北京市民间文艺家协会会员
中国文艺评论家协会会员

　　北京人，1984 年生。文玩领域知名专家、当代文玩行业创建者，"文玩天下"创始人。燕京八绝工艺——金漆镶嵌传承人，师从北京故宫博物院研究员冯小琦、中国陶瓷艺术大师邱玉林。深耕行业 18 年，出版行业丛书共计 14 册，发表超过 100 万字业内文章，创办了十届中国文玩博览会。

序　言

　　随着社会的发展、文化的交流与融合、国潮的兴起、互联网和数字技术的普及，文玩已经不再是中老年人的专属，越来越多的年轻人走近中国传统文化、走近文玩。文玩也超越了自身的使用价值和历史价值，逐渐演变为具有生活气息的流行文化符号。

　　核雕在中国有着悠久的历史，是中国传统民间微型雕刻工艺，已被列入第二批国家级非物质文化遗产名录。核雕多以橄榄核、桃核、杏核等果核，以及核桃雕刻成工艺品。看似一枚小小的不起眼的果核，一旦经过雕刻大师精细入微的雕刻后，便可"化腐朽为神奇"——成为形象逼真的十八罗汉、构思巧妙的核舟，或是展现乡村野趣的鸟兽、木石……别具一番神韵和意境。核雕艺术品越把玩越有价值，越把玩越给人一种玉质的通透感和油润感，表面的色泽也会越来越红。无论是将多枚核雕作品串起戴于手腕、佩于胸前，还是在闲暇时静静摩挲把玩，其受欢迎程度，都不亚于玉雕类饰件。核雕正是因其独特的雕刻技艺和独特魅力，历经沧桑传承至今，成为老少皆宜的文玩。

　　根付，又作根附，是日本江户时期（1603—1868）人们用来悬挂随身物品的卡子。由于日本传统和服没有口袋携带随身小物品，如烟袋、钱夹、笔筒，以及印笼，这些物品统称为提物，于是日本人便用丝绳将它们悬挂在和服的腰带上。为了防止提物掉落，丝绳的另一头会拴在根付上，而根付则稳稳地卡在腰带之上，保证提物不会掉落。根付在古代的日本是一种具有艺术性的日常用品，但明治维新之后，日本人开始脱掉和服换上洋装，根付便失去了原有的功能。而这一时期，欧美人却对根付这种精致的小玩意儿产生了浓厚的兴趣，争相购买收藏。于是，许多国宝级的根付大量流入欧美，反而在日本变得稀有，而且大多数都收藏在各大博物馆与美术馆之中。

无论是中国的核雕也好，还是日本的根付也罢，都是将东方传统文化与美学浓缩于微雕艺术之中。核雕与根付的工艺取之自然、师法自然，并呼应自然，体现了东方文化中独树一帜的宇宙生命观。微微方寸之间，自有煌煌乾坤。这便是本书《方寸乾坤》的缘起。

文玩，玩的是一种情感，一种文化。通过文玩，人们可以修身养性，可以愉悦身心。最后，希望读者能通过本书了解核雕，欣赏核雕之美；了解根付，欣赏根付之美。

中┊佛印绝类弥勒，袒胸露乳，矫首昂视，神情与苏、黄不属。卧右膝，诎右臂支船，而竖其左膝，左臂挂念珠倚之——珠可历历数也。

舟尾横卧一楫。楫左右舟子各一人。居右者椎髻仰面，左手倚一衡木，右手攀右趾，若啸呼状。居左者右手执蒲葵扇，左手抚炉，炉上有壶，其人视端容寂，若听茶声然。

其船背稍夷，则题名其上，文曰『天启壬戌秋日，虞山王毅叔远甫刻』，细若蚊足，钩画了了，其色墨。又用篆章一，文曰『初平山人』，其色丹。

通计一舟，为人五；为窗八；为箬篷，为楫，为炉，为壶，为手卷，为念珠各一；对联、题名并篆文，为字共三十有四。而计其长曾不盈寸。盖简桃核修狭者为之。嘻，技亦灵怪矣哉！

核舟记 　〔明〕 魏学洢

明有奇巧人曰王叔远，能以径寸之木，为宫室、器皿、人物，以至鸟兽、木石，罔不因势象形，各具情态。尝贻余核舟一，盖大苏泛赤壁云。

舟首尾长约八分有奇，高可二黍许。中轩敞者为舱，箬篷覆之。旁开小窗，左右各四，共八扇。启窗而观，雕栏相望焉。闭之，则右刻『山高月小，水落石出』，左刻『清风徐来，水波不兴』，石青糁之。

船头坐三人，中峨冠而多髯者为东坡，佛印居右，鲁直居左。苏、黄共阅一手卷。东坡右手执卷端，左手抚鲁直背。鲁直左手执卷末，右手指卷，如有所语。东坡现右足，鲁直现左足，各微侧，其两膝相比者，各隐卷底衣褶

图录

图录 /核雕

核雕概述

核雕，顾名思义，就是用桃核、杏核、橄榄核，以及核桃等雕刻而成的工艺品，也是中国传统的民间微雕工艺。

核雕的历史悠久，最早的记载可见于宋朝中期，距今已一千多年了。明朝时期，核雕艺术颇为盛行，可以说是核雕工艺的全盛时期。现在中学教材里还收录了明末散文家魏学洢的《核舟记》，记载了明朝王叔远用桃核雕刻的《苏东坡夜游赤壁》核舟。在一枚不足一寸的桃核上，镌刻苏东坡、佛印和黄庭坚，以及一船夫和一小童等五人，须眉毕见；舟上船舱、篷楫、壶、炉等一应俱全；八扇窗户均可开合，其上还刻着"山高月小，水落石出；清风徐来，水波不兴"，笔画刚劲，字迹清晰。由此可见，当时核雕的工艺已经达到了登峰造极的地步。

明代的核雕材料大多是核桃与杏核，而橄榄核则用得较少，核雕的题材大多是神仙人物、辟邪神兽、吉祥物等，其作品崇尚简约质朴，意境清远。明代核雕名家有王叔远、邢献之、邱山、夏白眼等。其中，王叔远精雕之桃核，邢献之精雕之核桃，夏白眼精雕之橄榄核，被称之为"核雕三绝"，作品传世绝少。明代的核雕作品常常是作为一种垂挂在衣带、纨扇或是绣袋下面的坠物，既可当作装饰和点缀，又具有"辟邪"之意，还可以玩赏。

清朝时期，核雕材料多用胡桃和橄榄核。这一时期，核雕艺术家辈出，如清乾隆时期的封锡禄，其代表作是橄榄核雕《草桥惊梦》，完美地展现出当时的乡间夜景：疏柳藏鸦、柴门卧犬、茅舍俨然、乡民罗列，其构思之精巧、布局之严谨、人物之悠然，让人叹为观止。又如，陈祖章创作《东坡夜游赤壁》核舟，在技艺和内涵上都有所发展，雕刻人物苏东坡、客人、客妇、艄公、书童等七人，刻画精致，人物神态自然、宁静、超逸。还有被称之为"鬼工"的清乾隆年间擅长雕刻橄榄核舟的奇人杜士元，以及清咸丰年间的著名橄榄核雕艺人湛谷生，其雕刻手法都极为独特。

清朝的核雕作品，曲线分明，细节纤毫入微，华美繁缛，不仅仅用于文人雅士或富家子弟摩挲把玩，还可以配上精美的座架，放置于博古架上观赏。

民国年间至当代，核雕品种更为丰富，以罗汉头、八仙、关公、钟馗等历史人物为特色，珠串、单枚形式流行。像著名的核雕艺术家殷根福，早年学竹雕、牙雕，后学核雕，并专雕罗汉头像，使其成为殷氏的独特艺术品，风行一时。

核雕作品作为中国传统工艺文化的典型代表，还经常出现在国礼中，礼赠各国领导人。2008年，核雕被列入第二批国家级非物质文化遗产名录。现今，核雕作品不仅在文玩市场，也在最广大的普通人中间，成为一项小而美的收藏门类而备受追捧。

海林

苏州人。在冲山一个安静的小渔村做着自己喜欢的核雕。

《静思罗汉》

作者：海林

材质：橄榄核

《静思罗汉》——深沉而神秘，现代社会缺少"静态"和"慢速"。此作品提醒人们放下我执，静观内心。

杉木

本名陈彬，1972 年生，
上海人，酷爱核雕。
2006 年开始核雕创作，
作品题材广泛。

《玉米》

作者：杉木

材质：橄榄核

《玉米》——采用仿生设计，趣味十足。知了寓意复活与永生，而玉米则象征子孙满堂，两者雕刻在一起，寓意子孙万代，多子多福。

盛唐

本名赵英胜,1983年生,盛唐核雕工作室主人,湖北黄石市阳新县人。自幼喜欢绘画,从事雕塑艺术十几年,早期接触过木雕、泥塑等工艺。后来偶遇微雕艺术之奇葩——核雕,被其精细的工艺深深吸引,而投入核雕艺术事业中。

《大圣》

　　作者: 盛唐

　　材质: 橄榄核

《大圣》——　采用圆雕技艺，塑造了中国古典四大名著《西游记》中的主人公孙悟空"脚踏七彩祥云而来"的形象。

白云省艺术採妙知天工

王蒙

1978年7月7日生，山东省高密市柴沟镇后水西村人。

自幼患腿疾致残。多年来，他在政府和社会各界的关心帮助下，以自强不息的精神，苦学传统雕刻技法，潜心桃核雕刻艺术，创作了许多新颖、高雅的作品，改变了人生的命运。

《三英战吕布》——作品取材于中国古典四大名著《三国演义》中的历史典故。

只见吕布与刘、关、张三兄弟打作一团，兵器胶着，战马嘶鸣，表情坚毅，彰显了中国传统文化的英雄气概。

《三英战吕布》

作者：王蒙

材质：桃核

希早

本名覃文东，1991 年生，重庆云阳县人。

自幼便对中国传统手工艺术有着极其深厚的兴趣，儿时总喜欢自己动手制作各种玩具、小作品。成年后由于工作原因，一边工作一边创作，后辞去工作，专心做核雕。最终经业内人士介绍，拜师核雕艺术家李永利先生门下，专心学习。现成立个人核雕工作室"覃投艺核"。

《高士》

　　作者：希早

　　材质：橄榄核

《高士》—— 高士是指博学多才、品行高尚、超脱世俗之人。此作品人物表情

刻画乖张有趣，展现了作者独特的设计风格。

衍鹏

山东青岛人。
其作品风格淳朴，功底
扎实。虽总量不多，但
每一件都经过了用心设
计和雕刻。

《悟明》—— 此作品刻画了一位古代的智者形

象，仿佛正在娓娓道出他的故事。

《悟明》

作者：衍鹏

材质：橄榄核

《观自在》—— 即观世音菩萨。此作品开脸端庄大气，人物造型比例协调，细节雕刻清晰，衣褶飘逸灵动。

缪小明

原名缪增明，1972 年生，江苏苏州人。

父亲擅长明式家具制作，母亲则擅长刺绣。作者自幼喜欢绘画，初中毕业后跟随父亲学习家传手艺。2003 年正式涉足核雕工艺，经过多年刻苦学习，以刀代笔，将平面画以立体的形式在橄榄核上表现出来，并形成了独特的高浮雕风格，充分体现了苏工精细秀雅的艺术形式。

《观自在》

作者：缪小明

材质：橄榄核

雅山

本名邓启勇，湖南郴州人。
自幼对艺术具有浓厚的兴
趣，后来偶然接触并从事雕
刻艺术。2008年拜师刘琦
门下学习核雕及各类杂件雕
刻，后成立雅山艺术雕刻工
作室。在核雕创作中将玉雕
的精髓巧妙地融入其中，并
结合海派技法，逐渐地形成
了自己的风格。

《掌中宝》

　　作者：雅山
　　材质：橄榄核

《掌中宝》——　每一个孩子都是母亲掌心里的宝。本作品于一颗橄榄核上雕刻了一位母亲的手掌，捧着一个呆萌可爱的婴儿。母亲用爱全心地呵护着手掌心的宝贝，并希望宝贝健康幸福快乐地成长。作品雕刻精妙，活灵活现。

松蔚

非专职从事核雕行业人士，视核雕创作为爱好。得益于这种状态，其创作越发放松，也越发具有文气。没有师承关系，让作品也没有了束缚感。

《文人雅士》—— 松下童子，何等雅趣。文气、高古之味是核雕圈中所匮乏的，但此作品之所以被称为人文核雕，其魅力不全是技术，还有古典的韵味。

《文人雅士》

作者：松蔚

材质：橄榄核

张鹏

新风尚雕刻者。拥有良好的美术功底与造型基础。其作品形象的设定、情节的设置及以细节的彰显都带来一阵新风。

《朱雀》—— 刻画了一只代表美好希望的雏鸟，其虽年幼，但已然展现出未来不可限量的潜力。

《朱雀》

作者：张鹏

材质：橄榄核

子秋

从业近 20 年，风格干爽
清净。不事炒作，恪守
手艺本真。
作品风格兼具写实与传
统，更加符合当代人的
审美品位。

《喜怒哀乐》

作者：子秋

材质：橄榄核

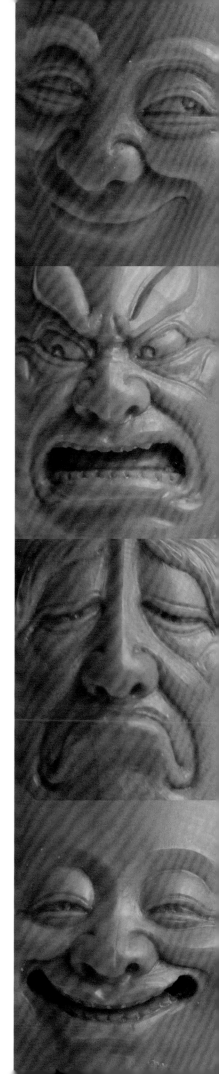

　　《喜怒哀乐》——　关注于人们的基本情感表达。工艺干净爽利，静而生慧，提醒现代人关注自身内心的情绪变化。

摩诃智

1977年生，浙江富阳人。
自幼喜爱书画与雕刻艺
术。2013年师从橄榄核
高镂空创始人秋人，学
习橄榄核雕。其作品构
思巧妙，细腻传神，擅
长佛教人物、山水题材
雕刻。

《关公踏马》——关公武艺超群，过五关斩六
将，最终马到功成。此作品不仅体现了"桃园结义"
的兄弟之情，更将关羽的忠义仁勇展现得淋漓尽致。

《关公踏马》

作者：摩诃智

材质：橄榄核

王开明

师从核雕大师裴曰信。
作品多以人物见长，古
树花鸟、云鹤虬龙……
无一不精且追求极致。
一件作品常常创作月余。

《降妖伏魔》—— 境高意古。罗汉又称阿罗汉，指能断除一切烦恼，达到涅槃境界，不再受生死轮回之苦，修行圆满又具有引导众生向善的德行，堪受人天供养的圣者。在社会上打拼，难免会产生心魔，希望这个作品能让你心头清明。

《降妖伏魔》

作者：王开明

材质：桃核

曹智

北京人，生于艺术之家。自幼受到浓厚的艺术熏陶，造就了他对艺术品独特的理念，为其创作之路奠定了基础。由于非传统师承方式学习，其作品在核雕中有别于传统而别具新意，开辟了一种崭新的艺术表达方式。

曹智作品以精巧别致见长，作品中往往融入众多元素，不拘泥于传统核雕艺术的束缚。其善于圆雕及镂空雕等多种表现手法，或许受其工作影响，他的作品尤以动物见长，精致的刀法加上动画设计的基础，对形态的表现非常独到，常给人以超乎想象却又合情合理的惊喜之感。

《刺猬》

作者：曹智

材质：橄榄核

《刺猬》——刺猬是传说中的八大仙之一,即白仙,就是财神爷。刺猬在民间属于吉祥之物,寓意吉利,能招财进宝。在北方民间更是有很大的声望,据说其能掌管财运,在谁家安家,对其伺候得益,便可招财进宝,福佑平安。

《香蕉》—— 天然橄榄怪核，设计独到且生动形象，令人垂涎。

《香蕉》

作者：曹智

材质：橄榄核

妙手都無斧鑿痕

《蟹篓》

作者：曹智

材质：橄榄核

《蟹篓》—— 蟹篓是潮汕地区渔民最为亲切的物件，寄托了对江海中水族的喜爱之情。其象征了喜获丰收，还有比这更让人欢喜的事情吗？

陈亮

字修远，号灵岩山人。
现任中国民间文艺家协
会雕刻艺术委员会委员、
江苏省工艺美术学会会
员、苏州市核雕艺术家
协会理事、苏州市舟山
核雕行业协会理事。
陈亮从小便非常喜欢我
国的传统文化与艺术，
在19岁的时候，跟随核
雕名家胡君伟老师正式
学习橄榄核雕刻艺术。

《乐在其中》

作者：陈亮

材质：橄榄核

《乐在其中》—— 于布袋之中漏出一角雕刻一憨态可掬的笑佛，神态自然安详，让人暂时忘却外界的喧嚣，抛开世俗的烦恼，让内心平静下来，享受苦中作乐，乐在其中。

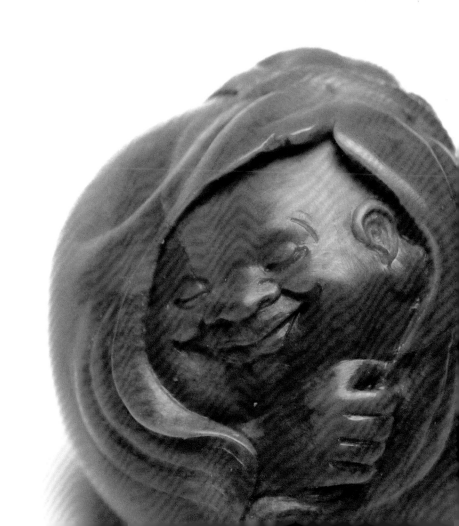

方振杰

1974年生，别名方明玄，京派核桃雕刻艺术家。

现为中国工艺美术协会会员、北京民间文艺家协会会员、北京半日闲核艺术中心创始人。

三十多年来躬耕于传统京派核桃雕刻之中，有着深厚的文化艺术底蕴，继承与探索传统文化艺术。其作品最大特点是将绘画艺术融入雕刻作品之中，同时又以娴熟的核桃技法阐释中国传统文化。

《和谐生活》

作者：方振杰

材质：核桃

《和谐生活》——精选龙鼎狮子头，运用镂空技法双面雕刻，传达了"和谐"的寓意。

"和谐"是传统文化中具有代表性的观念，是事物存在的最佳状态，也是一切美好事物的共同特点。

三水

本名郭强，号三水，1979年生，甘肃陇西人。现定居浙江杭州。

自幼专注于手工、绘画。2008年接触微雕艺术，自学核雕技艺，"精雕于形、细琢于心"一直是其核雕创作的理念。其作品多以传统题材为背景，构思精巧，人物刻画细致入微，生动有趣，精湛的雕刻手法自成一体。他的每件作品都表达了一个寓意深刻的故事。

《钟馗醉酒》

作者：三水

材质：桃核

《钟馗醉酒》—— 利用桃核的天然纹路，设计并刻画出了一个宽袍大袖的怒目钟馗与七个神态各异的怪诞小鬼，其细腻精致之极，匠心独运。

五嶽起方寸

隱然誰可平

孙鹏

1983 年生，山东省诸城人。现为潍坊市工艺美术大师。

自幼热爱艺术，擅长书法和绘画。由于其对潍坊核雕的极度痴迷，2014 年跟随核雕大师田洪波老师学习核雕技艺至今。

在田洪波老师的指导下，在业余时间进行潜心研究与实践，擅长雕刻人物、花草与动物。

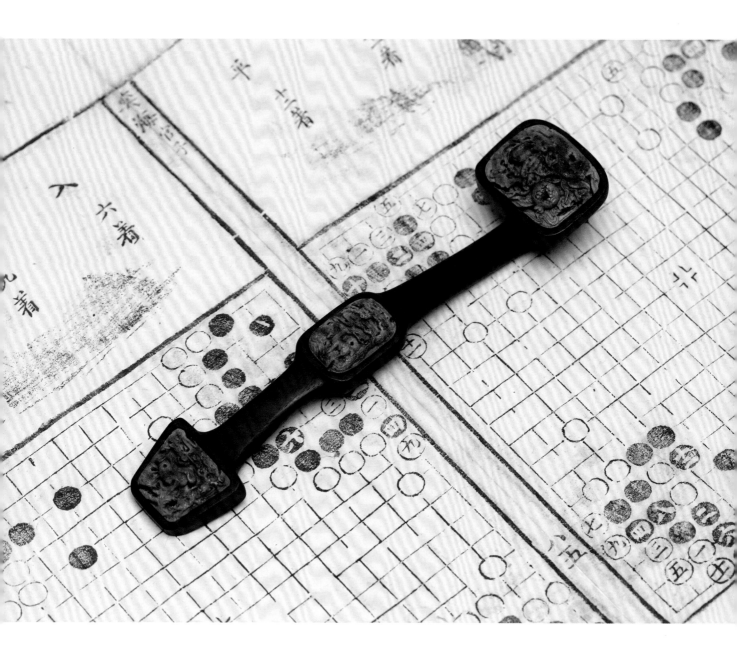

《紫檀三镶桃核如意》

作者：孙鹏

材质：桃核

《紫檀三镶桃核如意》——根据北京故宫博物院所藏紫檀如意进行设计。镶嵌三枚桃核雕刻作品，雕刻形象分别为福寿三多、灵鹿、仙鹤，寓意福、禄、寿。其雕刻细腻，继承传统又不乏创新。

易平

本名王忠伟，1991 年生，
山东烟台人。

自幼酷爱艺术。2010 年
被核雕艺术深深吸引，
并自习研究，从此开启
了核雕艺术之路。经过
对传统核雕多年的潜心
研究，逐渐形成了自己
独有的艺术风格。其作
品立意高远，极富神韵。

《风调雨顺》

作者：易平

材质：桃核、猛犸牙、老乌木

《风调雨顺》—— 整体设计为天珠造型，由三部分组成：上部为桃核雕刻，双面满雕，刻有风神、雷神；中部为猛犸牙雕刻，刻有风神、雷神的对应法器；下部为明代老乌木雕刻，浮雕，刻有青龙、白虎、朱雀、玄武，玄阴四相，寓意风调雨顺。

宗堂

本名王宗堂，祖籍河南，现定居上海。自幼学习绘画，喜
爱中国传统艺术，师承苏州雕刻名家李海林老师。

宗堂擅长桃核、橄榄核、异形核桃等材质雕刻，题材多样，
尤为擅长十八罗汉、应化罗汉、钟馗、仕女等。作品干净
细腻、想象力丰富、重在创新、风格特点突出。作品具有
很高的欣赏和收藏价值。

《十八罗汉》

作者：宗堂

材质：核桃

《十八罗汉》—— 选用十八颗异形核桃进行设计雕刻，每一颗作品的姿态、表情都极具设计感和感染力。此作品雕刻难度极大，整体创作时间达两年有余。

大钊

本名吴士钊，青年核雕艺术家。

现为苏州文艺家协会会员、青田核雕协会会员。

2014 年师从秋人，专攻核雕，擅长乡村生活类题材的高镂空雕刻。他常以独特的视角诠释核雕，缘于曾从事制作沙盘模型的生活经验，其创作既传承前人技法，又注重题材创意与技法创新，逐步形成了个人特色的现实主义核雕风格。

《贵妃出浴》

作者：大钊

材质：橄榄核

《贵妃出浴》—— 杨贵妃是中国古代历史上的"四大美人"之一。诗人白居易的《长恨歌》，讲述了杨贵妃和唐明皇回旋婉转的爱情故事。"贵妃出浴"是文人画家们想象中的美好景象。此核雕作品采用镂空雕刻技艺，描绘了贵妃在骊山华清池行宫温泉池边洗浴的瞬间。只见她身姿婀娜绰约，颔首低眉间充满了对唐明皇的挂念。

弓无艺

本名李岩，1983生，辽宁沈阳人。

现为全国工商联中国核雕研究会常务理事、北京民间艺术家协会会员、辽宁省工艺美术协会核雕专业委员会副会长。

2007年随云鹏学习雕刻技艺。他执着于创作有思想、有韵味的作品，其作品超越传统而反观现实，具有审美价值的现代性转换，折射出中国传统美学概念下的创新尝试。

《三酸图》

  作者：弓无艺

  材质：橄榄核

《三酸图》—— 根据同名古画创作，其主角为苏东坡、佛印和尚与黄庭坚，三人围着一口大醋缸，每人各尝一口醋，生出了迥异不同的表情。如果将三位大家视为儒家、佛家、道家三种文化的代表，则产生不同的效果：儒家认为醋是酸的，佛家认为醋是苦的，而道家认为醋是甜的，三种味道反映了三种文化对于人、社会以及世界的不同看法，体现了中国传统文化合而不同之妙。

千方石

本名郗伟杰，1985年生，山东青岛人。

自幼喜欢绘画和雕刻。大学主修景观艺术设计。擅长立体雕刻，作品风格独特创新，擅长场景创作。其作品集故事性、观赏性、内涵性于一体。2014年尝试将立体微雕形式运用到核雕上，丰富了核雕的表现形式，提高核雕原材料的利用率。

《蕉下待琴》——"我有太古琴，珍藏重千金。欲以弹古音，简淡不合今。人心欲以弹今音，手指羞涩空沈吟。伯牙弦绝钟期死，后世惟传画图耳。抚图三叹写新诗，林外飘风送官徵。"出自明代张弼《抚琴图》。

《蕉下待琴》

作者：千方石

材质：橄榄核

祝银伟

师从木雕工艺美术大师袁水法，得其真传，功底扎实。其将木雕技法完美地融入核雕之中，依据核型设计，随形就势，以线、面勾勒作品。整体作品风格简练，小器大样。

《童子弥勒》——采用圆雕技艺，再现喜闻乐见的弥勒佛形象，古味犹存。

《童子弥勒》

作者：祝银伟

材质：橄榄核

木生

本名张俊阳，浙江金华人。
爱宋画，随秋人老师学习
橄榄核雕刻。

《鸟语花香》

作者：木生

材质：橄榄核

《鸟语花香》——一石榴枝杆自画面右侧顶端入画，石榴叶正值繁茂，枝头挂着三只硕大的石榴果，一只已经裂开，露出粉色的石榴，晶莹剔透；枝上两只山雀，灵动可爱。石榴桃红的外皮饱满圆润，里面紫红色的子鲜嫩欲滴、粒粒分明，用以象征多子多孙之意。

见微知萌

木风

本名李凤杰，山东日照人。
现为青田核雕协会会员。
师从秋人老师。从事文玩
核桃雕刻，绿松石微雕。

《牧童》

作者：木风

材质：核桃

《牧童》—— 两只核桃所雕刻的图案左右呼应，刻画了两个牧童牧羊的场景：一个牧童坐于松下吹着牧笛，另一个牧童趴在山坡上用心地聆听，身边几只小羊羔在悠然地吃着草。

舍之

本名彭小龙，四川成都人。拜入秋人老师门下。自幼喜爱绘画以及传统工艺，机遇雕刻技艺，后前往青田竹核雕刻基地潜心学习，擅长镂空、浮雕等多种技艺。

《核舟记》—— 明代魏学洢的《核舟记》有这样的描述，翻译则为：明朝有一个技艺精巧的人名字叫王叔远，他能用直径一寸的木头，雕刻出宫殿、器具、人物，还有飞鸟、走兽、树木、石头，没有一件不是根据木头原来的样子雕刻成各种形状的，各有各的神情姿态。他曾经送给我一个用桃核雕刻成的小船，刻的是苏轼乘船游赤壁的图案。本作品就是根据原文《核舟记》雕刻的当代的核舟。

《核舟记》

作者：舍之

材质：橄榄核

技亦靈怪矣哉

十九

本名杨晓亮，河北人。
从事微雕作品设计与创作。

《灌篮高手》

作者：十九

材质：橄榄核

《灌篮高手》—— 本作品的立意为纪念NBA著名球星科比·布莱恩特，他是一代中国青少年对竞技体育中努力拼搏精神的激情回忆。此作品以橄榄核为原料，采用高镂空立体微雕形式，正面描绘了科比面对两名防守队员隔空暴扣的经典场景，背面雕刻有数字"24"，"8"和"24"都是科比曾经穿过的球衣号码。此作品引起了中青年篮球运动爱好者的情感共鸣。

佟慧杰

河北唐山人。
绘画功底深厚，擅长多
种创作形式,浮雕尤精。

《如意轮观音》

作者：佟慧杰
材质：橄榄核

《如意轮观音》——　此作品采用深浅浮雕、薄意、陷地等多种雕刻手法，展现了如意轮观音端庄秀美的法相。如意轮观音为密宗所传六观音之一，以莲花喻洁净，顺转无上法轮，能游于六道，以大悲心解除六道众生各种苦恼。

刘三凯

号一方田，陕西彬州人。偶然接触核雕艺术，便对其产生了浓厚的兴趣。后自学核雕，与雕刻同人互相交流学习，通过不断努力，自成风格。其核雕作品以中国传统文化为艺术内涵，巧妙构思，精雕细刻，可称为"核上的工笔画"。2014 年拜山东潍坊核雕名家王开明先生为师。

《弄玉乘凤》

作者：刘三凯

材质：桃核

《弄玉乘凤》——"弄玉乘凤，萧史乘龙"的典故，《列仙传》《太平广记》《东周列国志》等均有记载，但《东周列国志》记载较为详细。

弄玉是秦穆公的爱女，善于吹笙，声音清越，响入天际。一晚，弄玉梦见一位英俊的青年，极善吹箫，并且对她说："我是太华山之主，上帝命我与你结婚。"第二天，弄玉把此事告诉秦穆公。穆公派孟明于太华山明星岩下寻访，遇见一人羽冠鹤氅，玉貌丹唇，超尘出俗，每晚必吹箫一曲，箫声四彻，闻者忘卧。此人正是萧史。于是，孟明引荐入宫，与弄玉成亲。半年后，一天夜里，弄玉萧史夫妇在月下吹箫，吸引了紫凤和赤龙。萧史告诉弄玉，他是上界仙人，因与弄玉有凤缘，故以箫声作合，然不应久住人间。今龙凤来迎，可以去矣。于是，萧史乘赤龙，弄玉乘紫凤，自凤台翔云而去。

于水

陕西西安阎良人。
2009 年开始从事核雕创
作，一开始出于兴趣自
学，在经过一段时间的
实际操作后，于全国各
地拜师学艺。擅长传统
与现代的技艺融合。

《十八罗汉》

作者：于水
材质：橄榄核

《十八罗汉》——佛教传说中十八位永住世间、护持正法的阿罗汉，由十六罗汉加二尊者而来。

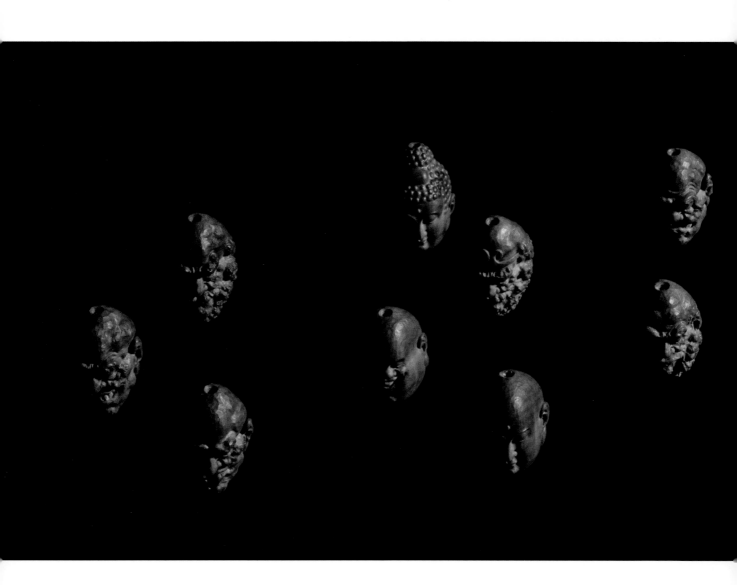

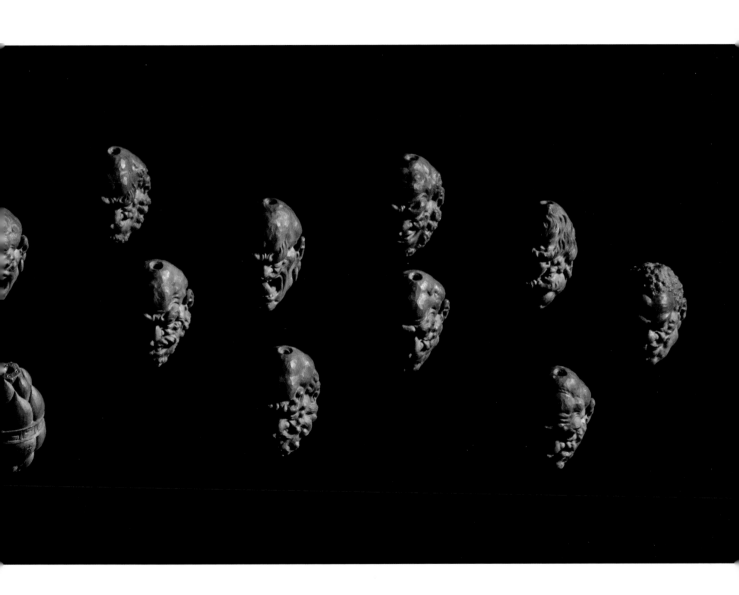

黄荷杰

苏州人。

师从三藏。作品风格细腻，苏派风格显著。其线条华丽、烦冗，能很好地表达佛造像的风格和特点。多以饱满的原料为根本，采用高浮雕、镂空雕的技法完成作品，形成新苏派核雕风格。

《清净三圣》

作者：黄荷杰

材质：橄榄核

《清净三圣》——　此作共三颗，由文殊菩萨、普贤菩萨和千手观音组成。雕刻风格大胆创新、线条流畅、精气神足。正面文殊菩萨与普贤菩萨神情姿态庄严大气，与反面愤怒相的凶猛刚毅形成了鲜明对比。千手观音背面用阴阳相结合的手法雕刻出六字真言。所选材料为陈年大尺寸铁核，色泽红润、质地坚硬。所用雕刻技法包含了浅浮雕、深浮雕、阴雕与镂空雕，体现出作者独到的审美与深厚的雕刻功底。

东九

1994 年生，河北唐山人。
喜欢美术和核雕，2017 年拜
颜滕为师，学习核雕技艺。
擅长雕刻人物头像题材。

《十八罗汉》

作者：东九

材质：橄榄核

《十八罗汉》——作品的创作灵感来自历代名家的罗汉画作，以贯休的作品作为主要根基，以梵像的方式还原罗汉其本真、沧桑、古拙的艺术特点，法相奇神，古韵悠长。

颜滕

本名暴振东，辽宁沈阳人。自幼非常喜欢绘画，对其有着浓厚的兴趣。2001年毕业于沈阳师范大学艺术系。2009年偶然接触了橄榄核雕，被其精美的雕工所吸引，遂从事核雕创作。凭借自己深厚的绘画功底，加之李永利老师的精心指导，雕刻技术日益精进。于2010年创办"机缘巧核"艺术雕刻工作室。

《十八尊者》

作者：颜滕

材质：橄榄核

《十八尊者》——雕刻艺术常见题材，各家雕刻形象迥异。作者本着对罗汉形象和佛教文化的理解，从罗汉背后的故事入手，参照寺庙中佛像的原型，以学院派的风格特征，吸收了西方艺术中肌肉与骨骼的造型语言，创造出了具有自身特点和风格的十八罗汉形象。

熠彰

本名果振天。
现为中国核雕艺术研究
会理事、沈阳市工艺美
术协会会员、辽宁沈阳
工艺美术协会会员、沈
阳市核雕文化协会副秘
书长。
毕业于韩国首尔大学。
2014 年拜颜滕老师为
师，从而深入、系统、
全面地研习核雕艺术。

《天师护法》

作者：熠彰
材质：橄榄核

《天师护法》——以护法天神原型为主，包含风调雨顺、四大天王、文殊普贤、哼哈二将与释迦牟尼佛等形象，共同组成为此套作品。作品表现出作者对于佛教题材的喜爱和尊重。

祁峰

字集山。
自幼习书画，后从事企
业品牌形象设计，工作
之余精书画、金石，酷
爱竹刻、核雕。在工作
与笔墨间徘徊良久，后
专心于书画金石，至此
笔耕不辍。

《饮者自在》

作者：祁峰

材质：橄榄核

《饮者自在》——选用白点橄榄核为材料，以茶事清供为主题雕刻。巧妙地将白点设计成茶壶与菖蒲盆，整体结合深雕、浅雕、薄意雕、阴刻等雕刻技法完成，另搭配鹿角雕制的小茶则作为此作品的配饰，更添雅趣。

阿坚

本名梁志坚，广西南宁人。
自幼学习美术。2015年成立"禺
舍"雕刻工作室，带徒传艺，
培养雕刻人才，获广西壮族自
治区工艺美术大师称号。

《动物世界》

    作者：阿坚

    材质：橄榄核

《动物世界》——此作品雕刻有章鱼、螃蟹、蝎子、乌龟、仓鼠、松鼠等，姿态各异，形象生动。

補綴乾坤

白老九

本名金朝晖。

1995 年始从艺，擅长各
个门类的雕刻，尤其擅
长核雕工艺，形成自己
以古木雕刻为基础的雕
刻风格。

《八仙过海》——人物姿态灵动、开脸清晰，其衣褶飘逸流畅，古韵十足。

《八仙过海》

作者：白老九

材质：橄榄核

包子

本名鲍宇，1984 年出生
于北京牙雕世家。

现为北京工艺美术学会
会员。

祖上为宫廷造办处牙雕
匠人。五岁起随父母学
习雕刻基础刀法以及白
描绘画。后一直从事牙
雕和佛像造像，广泛涉
猎传统文化。其将牙雕
雕刻技法转化到橄榄核
之上，呈现一种不一样
的风貌。

《文人仕女图》—— 文人仕女形象配以明代家

具典式，再现了文人仕女悠然自得的清闲生活。

《文人仕女图》

作者：包子

材质：橄榄核

姜昆

河北廊坊市永清县人。
2006 年跟随裴学民学习木
雕，后转型专攻核雕。2011
年创立自己的工作室。

《千手观音》—— 又称千手千眼观世音、千眼千臂观世音等，是我国民间广泛信仰的四大菩萨之一。作品采用浮雕技法展现人物造型，开脸端庄大气，人物造型比例协调，细节雕刻清晰。背面雕刻敦煌飞天舞女，体态俏丽，翩翩起舞。

《千手观音》

作者：姜昆

材质：橄榄核

北方艺人

本名杨振宇，1976年生，北京人。

2005年接触橄榄核雕，因为爱好而开始进行橄榄核雕刻。其后又自学了玉石雕刻技术，便从事玉石雕刻与橄榄核雕刻至今。

《双耳唐草山水宝瓶》

作者：北方艺人

材质：橄榄核

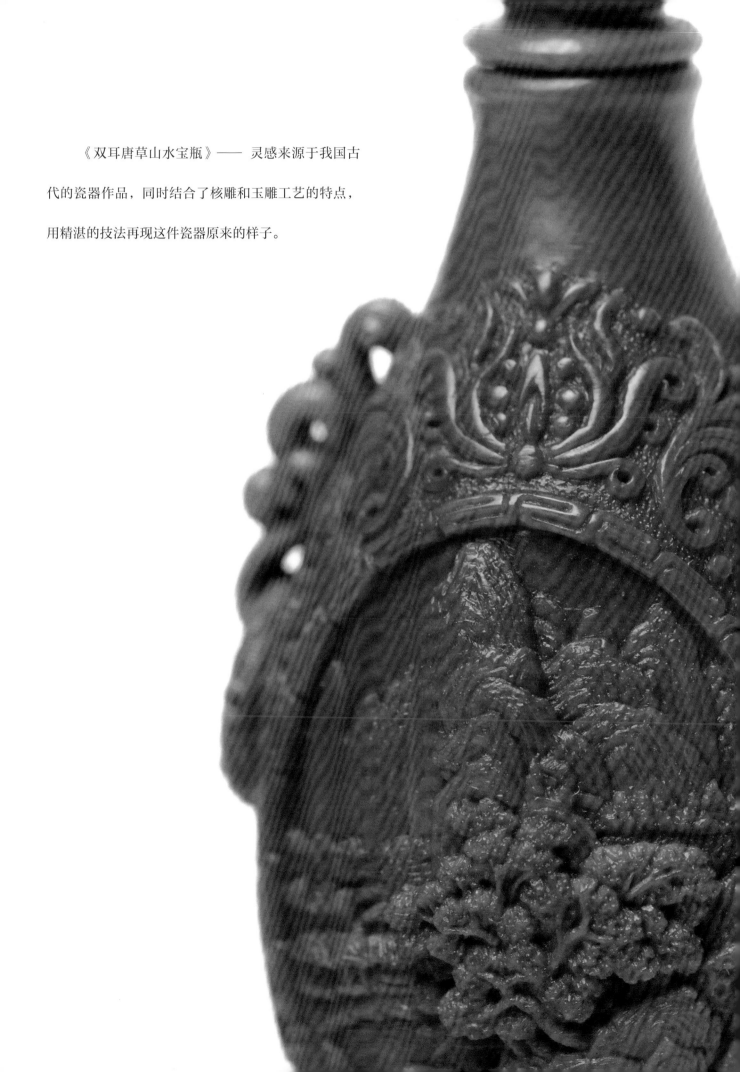

《双耳唐草山水宝瓶》——灵感来源于我国古代的瓷器作品，同时结合了核雕和玉雕工艺的特点，用精湛的技法再现这件瓷器原来的样子。

尺山寸水

《北京盛景》—— 以北京的著名景点为题材，表达了一个生在北京的孩子对自己家乡的热爱之情。

《北京盛景》

作者：北方艺人

材质：橄榄核

墩子

本名刘晟，1975 年生，
现居杭州。
创意型雕刻师，2010 年
开始自学核雕。

《不看不听不说》

作者：墩子

材质：橄榄核

《不看不听不说》—— 出自《论语》，"非礼勿视，非礼勿听，非礼勿言"。意思是：不合乎礼的不要看，不合乎礼的不要听，不合乎礼的不要说。这体现了儒家克己复礼为仁的思想。雕刻的三不小和尚，姿态悠闲，做工立体，表情呆萌可爱。

《云龙》——龙作为中华民族的图腾，赋予了源源不断的生命力。此作品画面布设严谨、虚实相生、刚柔相济。技法运用变化丰富、有藏有露、半隐半现。在方寸之间，尽展大千世界，在毫厘之中，也隐故事万千。

核希

本名谢灵。
自幼喜爱古典文化遗产。
2010 年从事雕刻创作，
后随秋人老师学习核雕
技艺，在设计与技法上
朴实无华。

《云龙》

作者：核希

材质：橄榄核

黄兴

1989 年生，河南驻马店人。2015 年南下苏州学艺，跟随朱双平学习罗汉与佛像的雕刻。后勤于交流学习，逐渐形成自己的雕刻风格。

《十八罗汉》

作者：黄兴

材质：橄榄核

《十八罗汉》——须派罗汉。形在于对骨点和肌肉的合理处理，神在于多年的生活阅历与雕刻技艺的运用，其刀法也甚是讲究，拙得苍劲，拙得洒脱，拙得有韵味。

李双

1982年生，湖南长沙人。
现为湖南省非遗协会理事。
早年从事动漫游戏绘画工作，2011年开始学习雕刻，拜在东北核雕大师李永利门下学艺。2017年于长沙创建核雕工作室。

《佛道同宗》

作者：李双

材质：橄榄核

《佛道同宗》——佛教造像首重佛性，须柔静庄严，而其遇变不惊的威仪则不言自出。

石头

1983年生，陕西华洲人。
现为陕西省工艺美术协
会会员、西安市民间艺
术协会会员。
多年来一直从事核雕艺
术的研究与创作。

《鱼篓》—— 作者将竹编的编制技艺，通过雕

刻在橄榄核上体现出来。内有三条小鱼，寓意丰收。

《鱼篓》

作者：石头
材质：橄榄核

卢国朝

浙江东阳雕刻家，高级
工艺美术师。

《钟馗戏鬼》—— 雕工精细，人物整体饱满飘

逸，威风凛凛又不失仙气。面部开脸大气干净，将钟

馗铁面虬髯，豹头环眼的特点体现得淋漓尽致。

《钟馗戏鬼》

作者：卢国朝

材质：橄榄核

韦妙女

浙江东阳人。
作品以深雕风格著称。
3D立体，用核讲究，风
格独树一帜，具有独特
的艺术魅力。

《骑兽十八罗汉》

作者：韦妙女

材质：橄榄核

《骑兽十八罗汉》——
此作品雕刻立体，人物开脸精
致，整体造型比例极佳，线条
生动，抛光打磨到位，细节处
理干净，让人赏心悦目。

蒋春升

1976年生，吉林通化人。现为吉林省工艺美术协会核雕专业委员会会长、吉林省工艺美术大师。师从程德柱老师，学习独特的雕刻技法。其作品以浮雕为主。

《静听松风图》

作者：蒋春升

材质：橄榄核

《静听松风图》——以浮雕技法为主，精心构图。高士静坐于苍松翠柏之下，举目远望，静听松风。童子携琴于旁，远山飞瀑，激湍翻滚，水汽蒙蒙，珠玑四溅。此作品让人感受到了浓浓的唐宋山水气息。诗意盎然的苍松翠柏间，松风回荡，犹如吟唱咏读。

青城

本名刘保东，70后，北京人。

自幼学习绘画，后从事雕刻创作多年，竹木牙角皆有所涉猎，尤擅桃核雕刻。其作品设计精巧，所刻绘人物，亦静亦动，或沉思或乖张，姿态生动。其创作展现了京派雕刻中独有的技法与韵味。

《黄财神》

　　作者：青城

　　材质：桃核

《黄财神》——黄财神藏文名为"诺拉"，翻译成汉文叫作"财神"。因他的肤色是黄色，故称为黄财神，为诸财神之首，是藏地各大教派所侍奉的五色财神之一。作品中，黄财神上身袒露，下身着裙，右手持摩尼宝，象征宝光普照四方，增添众生的福报；左手抱一只大猫鼬（吐宝鼠），鼬的嘴里含着珠宝，象征财宝；右脚踏一只白色海螺，象征着他能入海取宝。

《事事如意盆》

作者：青城

材质：桃核

《事事如意盆》——聚宝盆是中国古代民间传说中的宝物，传说可使置入其中的财宝不断倍增，因而常被设计制作成"招财进宝"的家居风水摆件。在传统民俗中，聚宝盆常被奉为镇宅之宝。

青云

本名张海彬，1986年生，
山东潍坊人。
自幼喜好美术，美工基础
扎实，后从事核雕创作，
努力不懈、积极创新，终
于形成了自己独特的风
格。2015年创建"天作之
核"核雕工作室。

《长眉罗汉》

作者：青云

材质：橄榄核

《长眉罗汉》——为十八罗汉之一，传说长眉罗汉出生时就有两条长长的眉毛。此作品选用核质完美的油核，雕刻刀法细腻，开脸生动自然，将长眉罗汉的禅意与佛性，赫然呈现于橄榄核之上。

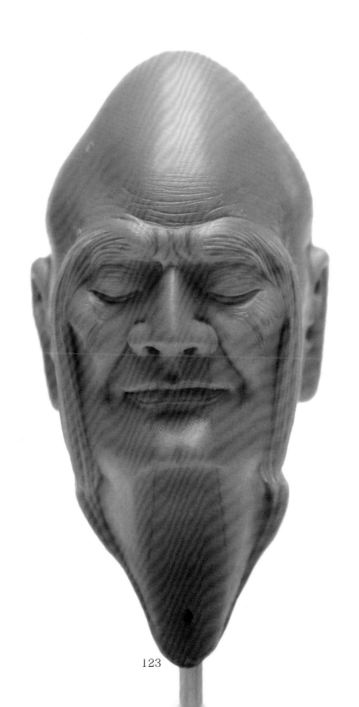

三疯

本名邓腾，湖南娄底人。
大学毕业于油画专业，
2018年开始从事橄榄核雕
刻。2019年创立"三疯"
核雕工作室。

《祈福》

作者：三疯

材质：橄榄核

124

《祈福》——西藏系列代表作。灵感来自西藏朝圣者，他们的虔诚和信仰让人敬佩。作品表达出藏民的淳朴与善良。

深生

本名范方针，1984年生，湖南湘潭人。

海派橄榄核雕刻师，民间微雕艺人。2007年拜师于上海雕刻艺术家王鼎新门下。2011年成立了个人核雕工作室，擅长中国传统神话人物的雕刻创作。

《李白》—— 采用一颗细长橄榄核为原料，用圆雕手法雕刻出诗仙李白的形象。仿佛在月色满地的花丛中，诗仙摆上一壶好酒，邀月对影，结伴成三人。

《李白》

作者：深生

材质：橄榄核

《瘦骨罗汉》—— 又称雪山大士、雪山童子、雪山婆罗门。他的故事最早出现于南北朝传译到中国来的佛教经典《大般涅槃经》中。据其记载，佛祖释迦牟尼本为古印度迦毗罗卫国净饭王的太子，但看到众生疾苦，即放弃权位入雪山苦行，最终在痛苦中得道，参透成佛。此作品将佛家"止息散心，专注一境"的禅定气象表现得淋漓尽致。

翊乔

1986 年生，天津人。
现为天津市工艺美术学会理事、天津市工艺美术师。
进修于天津美术学院雕塑系。

《瘦骨罗汉》

作者：翊乔

材质：橄榄核

文丰

本名李宗孺，1988年生，
河北廊坊市永清县人。
生长于北方最大的核雕
之乡别古庄镇，自幼便
对核雕技艺耳濡目染，
酷爱核雕艺术，17岁奔
赴苏州学习核雕技艺，
并拜师周雪官、须培金
两位大师。2006年回乡
成立核雕工作室，创作
作品不断推陈出新。

《山海经》

作者：文丰

材质：橄榄核

《山海经》——中国先秦古籍，同时也是一部记载了丰富神话传说的古老奇书。此核雕作品的创作结合了书中的记载和作者自身的理解，采用镂雕技法，将神兽形象表现得生动立体、活灵活现。

文纪

本名张永胜，1985 年生。
现为北京市海淀区核雕
技艺代表性传承人。
其雕刻材料以山桃核、
橄榄核为主，其所刻圆
雕罗汉头，技艺深得苏
工精髓，古朴传神，在
冀中微雕界独树一帜。
2008 年，创办微雕艺术
工作室，开始收徒授艺，
至今已授艺百余人。

《不看不听不说》

作者：文纪

材质：橄榄核

《不看不听不说》——此作品取自《论语》，"非礼勿视，非礼勿听，非礼勿言"。此"三不"，含有"不合乎礼的不要看，不合乎礼的不要听，不合乎礼的不要说"之意。在现代社会中，可以理解为：合适的边界感可使人免招是非，免惹争端。

无心

本名郑规义，1996 年生，福建南平人。

自幼受到家乡浓厚的玉雕、木雕文化影响，学习传统木雕设计与制作。后来接触到橄榄核雕，并拜入国家级非物质文化遗产（核雕）代表性传承人周建明大师门下。作者将木雕与核雕技艺融为一体，经潜心钻研，形成了独特的设计理念与艺术风格。

《唐狮》

作者：无心

材质：橄榄核

《唐狮》——传统文化中的瑞兽，寓意四平八稳、事事如意。在古代，唐狮的形象具有辟邪、镇宝、守卫之用，可招财辟邪、保佑平安。此作品将唐狮的威严表现得入木三分。

相琢

1981 年生，吉林人，现
居北京。
从事核雕创作达十年左
右，坚持只做原创设计
作品，并融入新兴元素。

《印第安酋长》

作者：相琢

材质：橄榄核

《印第安酋长》——此作品面部肌肉感超强，五官精致清晰，肌肉线条硬朗。其表现风格狂野，整体人物比例拿捏精准，设计大胆新颖，是一件结合了西方元素和传统技艺的佳作。

小手

本名侯明浩。

现为中国核雕协会会员，
辽宁省核雕协会委员。
2013 年拜颜滕为师。
2015 年创办"不二匠舍"
工作室。

《亡灵》

作者：小手

材质：橄榄核

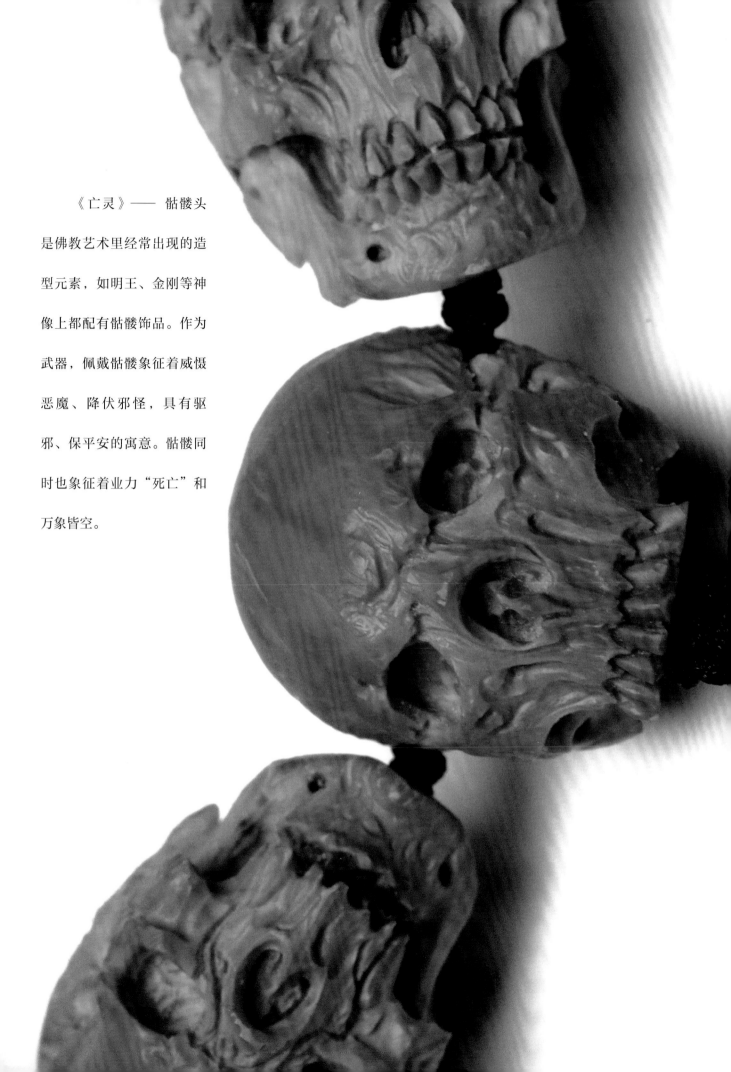

《亡灵》—— 骷髅头是佛教艺术里经常出现的造型元素，如明王、金刚等神像上都配有骷髅饰品。作为武器，佩戴骷髅象征着威慑恶魔、降伏邪怪，具有驱邪、保平安的寓意。骷髅同时也象征着业力"死亡"和万象皆空。

星灿

本名魏影，1985 年生，
河北潍坊市永清县人。
现为廊坊市工艺美术协
会会员。

《十二金钗》

作者：星灿

材质：橄榄核

《十二金钗》—— 取材于《红楼梦》，意指金陵十二钗正册情榜：林黛玉（情情）、薛宝钗（冷情）、贾元春（宫情）、贾探春（敏情）、史湘云（憨情）、妙玉（度情）、贾迎春（懦情）、贾惜春（绝情）、王熙凤（英情）、巧姐（恩情）、李纨（槁情）、秦可卿（情可轻）。

须培金

1954年生，江苏苏州人。现为中国工艺美术学会会员，苏州市吴中区舟山核雕行业协会副会长。1973年进入吴县光福工艺厂学习橄榄核雕技艺。1980年代中期建立核雕工作室。30多年来不断向核雕前辈学习传统技艺，并创新设计了一系列新题材作品。

《骑兽十八罗汉》

作者：须培金

材质：橄榄核

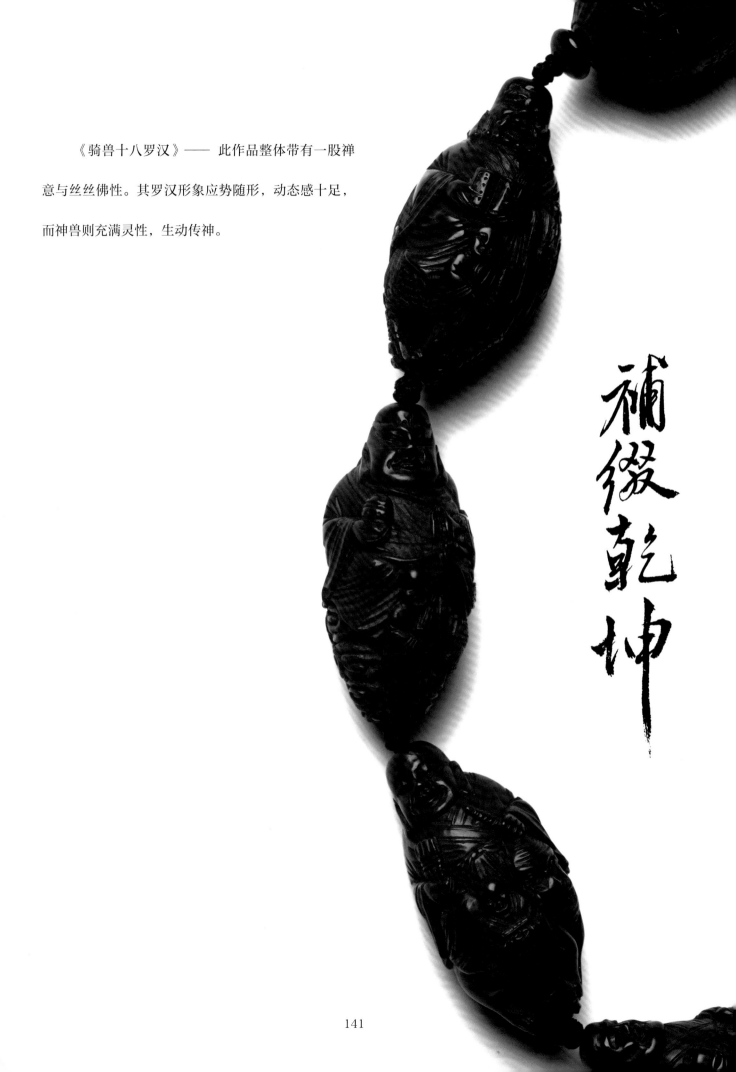

《骑兽十八罗汉》—— 此作品整体带有一股禅意与丝丝佛性。其罗汉形象应势随形，动态感十足，而神兽则充满灵性，生动传神。

补缀乾坤

雨竹

本名张习连，1980年生，河北廊坊永清县人。

现为河北省工艺美术家、廊坊市非物质文化遗产保护项目——"永清核雕"市级代表性传承人。

也广泛吸收、借鉴玉雕、木雕、石雕、砖雕中的创作技巧，并融入核雕之中，形成了独特的艺术风格。尤其是从玉雕中借鉴的"活链"雕刻，成为雨竹核雕的代表性绝技之一。2004 至 2008 年，在苏州市舟山村周雪官工作室学习。2012 年创建冀派微雕公司。

《水浒传》

作者：雨竹

材质：橄榄核

《水浒传》——此作品取材于中国古典四大名著之一——《水浒传》。此作品特别注重表现人物神态，一个个好汉活灵活现、神情各异，无不体现作者的观察力与表现力。

刘长冬

1995年生，重庆人。自幼受家中从事木雕生意的亲戚影响，喜爱雕刻。初中毕业后正式开始学习雕刻技艺。后在苏州开始雕刻事业，对核雕有着独特的理解，开创了属于自己的风格。

《十八罗汉》

作者：刘长冬

材质：橄榄核

《十八罗汉》——佛教中十八位永住世间、护持正法的阿罗汉，由十六罗汉加二尊者而来。此作品风格写实，做工大气，人物神态出神入化。

周建明

1956 年生，江苏吴县人。现为江苏省工艺美术学会理事、江苏省工艺美术大师。

1980 年毕业于南京师范学院政教系。1992 年创建核雕工作室，培育学徒 50 余人。30 多年来，周建明潜心钻研、不断创新，作品题材涉及人物、动物、风景园林、核舟等。

《十八罗汉》

作者：周建明

材质：橄榄核

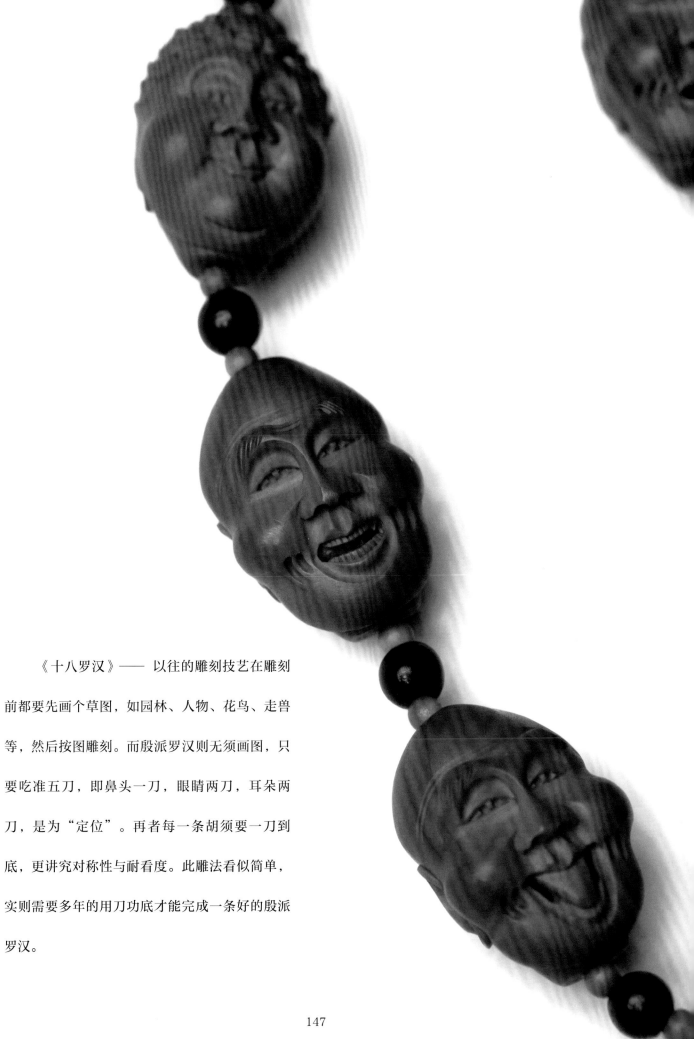

《十八罗汉》——以往的雕刻技艺在雕刻前都要先画个草图，如园林、人物、花鸟、走兽等，然后按图雕刻。而殷派罗汉则无须画图，只要吃准五刀，即鼻头一刀，眼睛两刀，耳朵两刀，是为"定位"。再者每一条胡须要一刀到底，更讲究对称性与耐看度。此雕法看似简单，实则需要多年的用刀功底才能完成一条好的殷派罗汉。

周雪官

1956 年生，江苏苏州舟山村人。

1970 年进入吴县光福舟山工艺厂，从艺橄榄核雕。20 世纪 80 年代中期创办个人核雕工作室，周雪官、须培金夫妇二人被称作核雕界的"神雕侠侣"。在 40 年核雕生涯中辛勤专研，对核雕艺术具有深刻的理解和感悟，并开辟出自己独有的风格。

《十八罗汉》

作者：周雪官

材质：橄榄核

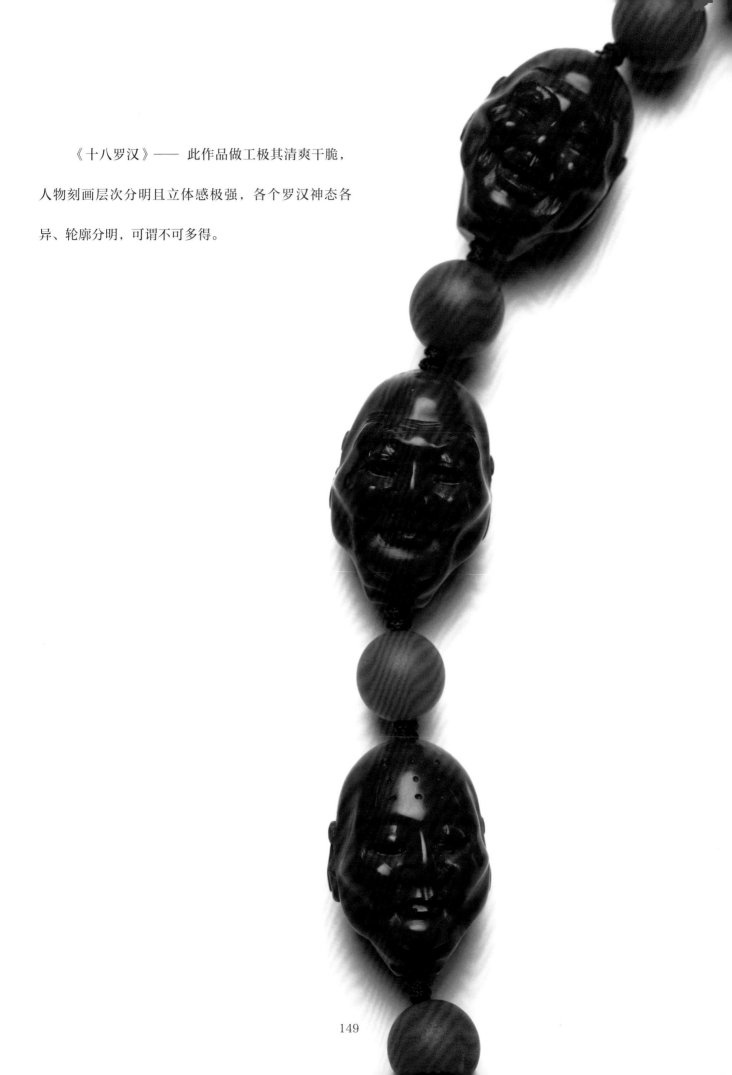

《十八罗汉》—— 此作品做工极其清爽干脆，人物刻画层次分明且立体感极强，各个罗汉神态各异、轮廓分明，可谓不可多得。

周寅

1986年生，江苏苏州舟山村人。

16岁时住在伯父周雪官家中，耳濡目染核雕艺术之精华，并在高中寒暑假跟随伯母须培金学习刀功，19岁正式拜师周雪官、须培金。在其家中经历多年刻苦磨炼，研习浮雕、圆雕、镂空雕等技法。2008年学习须派罗汉头雕刻，经十几年磨炼，融入个人风格和特殊处理方式，形成了属于自己的"寅"式须派风格。

《骑兽十八罗汉》——十八罗汉是核雕中最传统和最具代表性的题材之一，最能体现扎实的刀功基础以及手法的干净、细腻度。此作品罗汉开脸喜庆庄严，童子天真活泼，神兽灵动传神。在细节的处理上，保留了雕刻的刀痕，还原了苏作核雕传统的韵味，是周寅最具代表性的题材之一。

《骑兽十八罗汉》

作者：周寅

材质：橄榄核

《童子财神》

作者：周寅

材质：橄榄核

《童子财神》——传统苏作中极具表现力的作品。作者在雕刻时，十分注重细节与深度的把握，将财神的富态、众多元宝的立体感，经保留刀痕的刀法处理后表现出来，结合了现代技术的细腻感，使得传统题材焕发新的活力。

未一

零零后雕刻师，江南人氏。自幼酷爱盆景、书画和雕刻。2016 年于苏州学艺，正式开始橄榄核雕刻，后博采诸家所长，形成了自身的风格。其作品讲究意境的表现，注重细节的刻画，繁简有致，兼工带写。擅长运用虚实结合来营造氛围和空间感，主张"核中有世界"，并不以单纯的技法去表达，更注重作品整体的氛围感。

《江南》——此作品描绘了一名江南仕女的形象。她漫步在江南的园林中，其中既有太湖石，又有花草树木，虚实结合，留给人以自由想象的空间。

《江南》

作者：未一

材质：橄榄核

《财源滚滚》—— 弥勒佛为佛教中的地财神，因其形象常常满面笑容，手提布袋，于是被认为带有欢喜、蓄财的意味，被民间视同"财神"供奉。此作品整体给人第一眼的感觉便是喜庆，人喜则财来。

晓亮

本名徐华亮，祖籍安徽，现居南京。
现为南京工艺美术大师。80后雕刻艺人，海派核雕代表性人物。2000年从事工艺美术行业。2005年随海派著名玉雕大师王鼎新学习海派雕刻。2008年成立"遇核缘晓亮"雕刻工作室。以圆雕见长，擅长财神、弥勒、童子等题材的创作。

《财源滚滚》

作者：晓亮

材质：橄榄核

郭品宏

原名郭宁，1994 年生，辽宁兴城人。

现为辽宁省工艺美术家协会会员、沈阳市核雕文化协会副会长、沈阳市民间文艺家协会理事。2018 年毕业于沈阳师范大学雕塑系。2019 年从事核雕创作。

《闯关东》

作者：郭品宏

材质：橄榄核

《闯关东》——这个故事对于国人而言一定十分熟悉。此作品的灵感就是来自"闯关东"的历史事件。整个场景共由三个家庭组成——走在最前面的家庭，成员们赶着牛车，身穿皮袄，是最富裕的家庭；走在中间的家庭，劳动力众多，他们拉着车，拿着农具，是当时最有代表性的劳动人民；走在最后的家庭，有老人、小孩，家里唯一的劳动力把全部的重担都扛在了自己的肩上，是当时比较困难的贫困家庭。

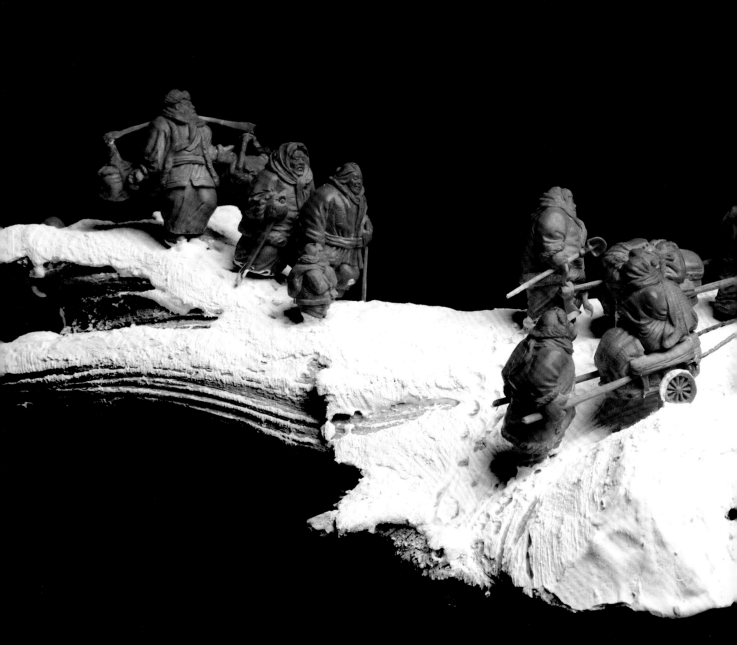

红色是喜庆、幸福、希望的象征，此作品中的二点红也代表了同样的东西往不同家庭中的作用。 富

人家庭中的红色是孩子的玩具，幸福对于有钱人来讲唾手可得。劳动人民的家庭红色是刀上的红布，刀是他

们保护家人的工具，幸福对于他们来说就是家人的安全。最后的贫困家庭将一条红色的布条系在扁担上面，

对于他们来说，幸福就是一种祈祷。这件作品书写了"闯关东"长篇巨著中的一页，通过庞大队伍中的一个

小小的镜头，再现了当时的历史，也浓缩了千万家庭的生活经历。

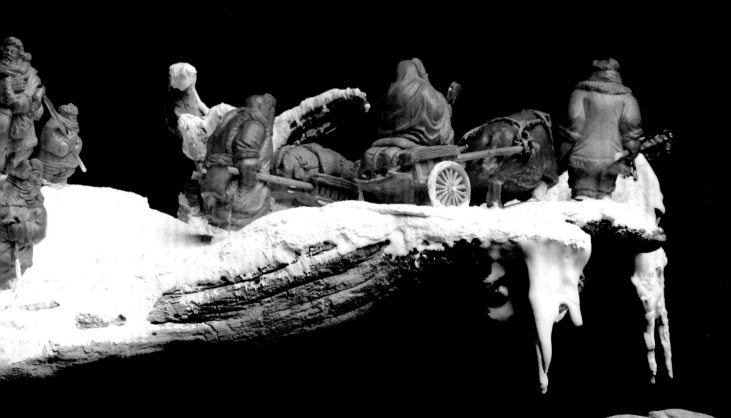

一方

本名曹明海，1985 年生，
辽宁沈阳人。
2013 年从事核雕行业。
2017 年拜入东北核雕领
军人李永利门下。擅长
雕刻龙啸九天、御龙关
公、八宝弥勒等题材。
2020 年加入辽宁省核雕
协会。现工作于沈阳"天
人核依"工作室。

《关公》

作者：一方

材质：橄榄核

《关公》—— 人中之龙，龙的勇猛霸气和关二爷忠义无双的精神，这件作品通过形象的雕刻给我们平淡无奇的生活以勇气和启发。

李永利

现为国家高级雕刻师、
中国民间文艺家协会会
员、中国工艺美术学会
会员、沈阳市级非物质
文化遗产代表性传承人。

《以爱之名·花之泪》

作者：李永利

材质：橄榄核

《以爱之名·花之泪》—— 这是一组凋零的玫瑰花，以花的视角诠释了一种以爱为名义的伤害。是谁冠以玫瑰爱情的象征？怎奈却成了生命中的残伤。

王世军

1979 年生，江西玉山人。
现为中国核雕艺术研究
会理事，苏州工艺美术
学会会员。
喜欢绘画，1998 年起从
事雕刻事业。

《浮雕十八罗汉》

作者：王世军

材质：橄榄核

《浮雕十八罗汉》——此作品以浮雕的手法细致地表现了人物的细节，可谓栩栩如生。

希今

原名刘斌，号一笑轩。1975 年生，山东潍坊人。现为省级非遗代表性传承人、潍坊市工艺美术大师、潍坊市民间艺术大师、潍坊核雕协会会长、潍坊市工艺美术协会理事、中国工艺美术家协会会员、山东省民间文艺家协会会员、世界文化艺术研究中心理事、世界华人艺术网艺术顾问。

自幼酷爱艺术。1987 年开始接触核雕，曾向田翔千先生学习篆刻，并跟随张镜远先生学习书法。1996 年拜核雕大师裴曰信先生为师，从此开启了核雕艺术之路。2010 年始教授学生，现已达数百人。

《十二星君》

　　作者：希今
　　材质：桃核

《十二星君》—— 星君，中国古代民间所信仰的众神仙之一。古人相信天人感应，民间认为每个人均有一颗星宿值年，而此人一年的运数，都操在该星君之手。

此作品很好地体现了作者的艺术理念："工纹之意，借形次之，用纹为上，用之无纹。"

雕刻萬形千狀

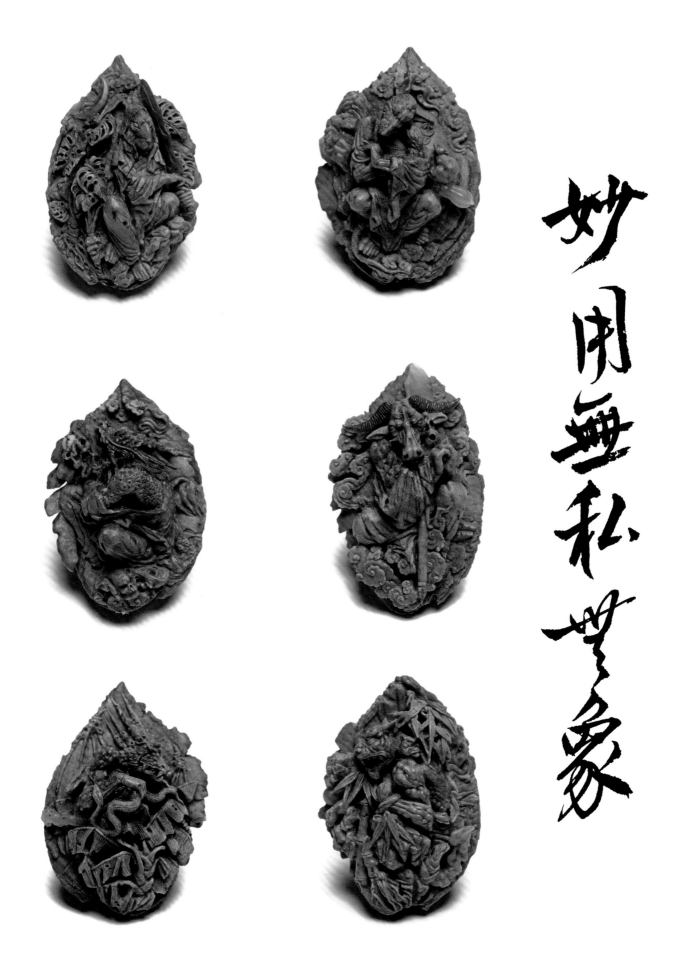

妙用無私世象

渡江

本名杜江涛，1981 年生，
河南孟州人，现生活工作
于北京。
2002 年于北京飞地艺术
坊学习绘画基础。2003
年，师从著名雕塑家田世
信，学习雕刻技艺并任其
助理。2008 年，结业于
中央美术学院雕塑系。

《十八罗汉》

　作者：渡江
　材质：橄榄核

《十八罗汉》——此作品的十八罗汉造型在传统的基础上增添了一些现代艺术的加工，显得个性十足。

《春夏秋冬》——此作品以春芽婴儿、夏荷情侣、葫芦孕妇、梅花老人四个版块，表现了人生的几个重要阶段，并与春夏秋冬一年四季相对应。其顶端设计了四个祈福的天使，天使下面为刻有符号的转轮，转轮可自由转动，如四季一般循环往复。

《春夏秋冬》

作者：渡江

材质：橄榄核

《耶稣》——　基督教中的崇拜对象。此作品的灵感来源于《圣经》故事，由72个细微的人物形象组成，其构思巧妙，可谓前所未见。

《耶稣》

　　作者：渡江

　　材质：橄榄核

俞田

浙江嵊州人。

现为浙江省竹刻（雕）非物质文化
遗产代表性传承人、浙江省高级工
艺美术师。

致力于竹根圆雕人物的设计创作，
善于在姿态各异的天然竹根上释放
灵感，赋予其强烈、活泼的生命力。

《琴棋书画》

作者：俞田

材质：橄榄核

174

《琴棋书画》——弹琴、弈棋、写字、绘画，古人以此为乐，泛指各种文艺风雅之事。在喧嚣的现代社会里，静坐一室，给自己的心灵一个假期，岂不美哉？

《酒翁》——此作品与大多数细节繁缛的作品不同，有着作者鲜明的个人风格。在虚实之间，一位酒翁的形象浮现在眼前，写意而缥缈。

《酒翁》

作者：俞田

材质：桃核

《十八罗汉》——此作品雕工细腻，人物造型生动逼真，宛如一幅精美的工笔画。

《十八罗汉》

作者：俞田

材质：橄榄核

圆圆

拜师于俞田老师。在造型上有着自己的理解和想法，而不是一味地模仿师父。其风格的树立，为核雕圈打开了一个新的视野。

《竹林七贤》

作者：圆圆

材质：桃核

《竹林七贤》—— 魏末晋初的七位名士：阮籍、嵇康、山涛、刘伶、阮咸、向秀、王戎。此七人相与友善，常一起游于竹林之下，肆意欢宴。后以"七贤"比喻不同流俗的文人。此作品写意之余，兼具写实感，其线条简练，人物的体积感拿捏准确。

程德柱

1964 年生，天津市大良
镇人。

1982 年到河北省廊坊工
作。1988 年开始研习架
上小型雕塑艺术。1990
年成为廊坊市雕塑研究
会会员。1998 年开始个
人核雕创作至今。2016
年当选廊坊市工艺美术
协会副会长、核雕专业
委员会主任。在 2016 年
9 月在中国工艺美术协
会主办的"嘉捷杯"核
雕艺术大赛中获得金奖。

《风景浮雕十八罗汉》

作者：程德柱

材质：橄榄核

《风景浮雕十八罗汉》——作者从事雕刻工作30年，尤为擅长橄榄核雕刻，开创了浅浮雕通景山水的艺术表现形式。此作品便是人物和浅浮雕山水完美结合的产物。

冯伟

苏州核雕协会副会长。

师从核雕大家顾永芳。

《降龙伏虎》

　　作者：冯伟

　　材质：橄榄核

《降龙伏虎》—— 降龙罗汉和伏虎罗汉是十八罗汉中的两位。常被用来比喻某人拥有通天本领，能够战胜强敌，排除万难。此作品整体雕刻精细，人物衣褶自然，隐隐透露出一丝佛性。

肖艳萍

1970 年生，江苏苏州市舟山村人。
殷派第四代传人。现为苏州市核雕艺术家协会副会长、苏州市吴中区舟山核雕行业协会副会长。

《殷派圆雕十八罗汉》

作者：肖艳萍

材质：橄榄核

《殷派圆雕十八罗汉》——此作品即使在放大镜下细细欣赏，人物的五官和神态都毫不失准，其面容和体态都十分丰腴脂润。一件好的殷派十八罗汉作品，须有凤眼、悬眉、须方、穹顶、羊齿、藏云、薄唇、鱼鳃、走丝等特点。

叶奇华

1981年生，现为中国民间文艺家协会会员、苏州市核雕艺术家协会常务副会长、高级工艺技师、中国民间文艺家协会核雕专业委员会委员。自幼便生活在核雕世家之中，受到了深厚的艺术熏陶，对核雕这门古老的技艺有着独到的认识。成年后拜入业界泰斗宋水官老师门下，长期学习橄榄核雕技艺。

《钟馗夜巡》

作者：叶奇华

材质：橄榄核

《钟馗夜巡》——此作品中的钟馗怒目浓眉，令人望而生畏，十分符合钟馗的形象特征。作品风格淡雅又不失严肃，既表现出神仙的威严，又透出一股亲近的感觉，将钟馗夜游的情形描绘得富有内涵，兼并多种情感因素。

《雷震子》—— 出自明代神怪小说《封神演义》。雷震子乃天雷将星下世，为周文王姬昌义子，辅佐其伐纣大业。此作品具有强烈的个人风格，兼顾了古典与现代艺术，并结合了写意与写实两种流派之风格。

《雷震子》

作者：叶奇华

材质：橄榄核

《刑天》—— 出自中国古代神话传说。刑天是炎帝手下的大将，是一名英勇善战、身强力壮的上古神人。据《山海经·海外西经》记载，刑天和黄帝（一说天帝）争位，被斩去头颅，失了首级后，以自身双乳作眼、肚脐为嘴的形态存活，双手各持一柄利斧和一面盾牌作战。他是中国上古神话中十分具有反抗精神的人物，象征着一种永不妥协的精神。

《刑天》

作者：叶奇华

材质：橄榄核

洛雨

1988 年生，山东潍坊人。
2015 年跟随核雕大师希
今学习核雕技艺，2019
年被正式收为入门弟子。

《十八罗汉拜如来》

作者：洛雨
材质：桃核

《十八罗汉拜如来》—— 借用桃核本身纹理，在小材料上因势雕刻出传统罗汉形象参拜如来的宏大场景，其间的人物造型无一不栩栩如生。

《一苇渡江》

作者：洛雨

材质：桃核

《一苇渡江》——传统人物题材，巧妙地利用桃核本身的纹理，雕刻出江面上蛟龙跃起，达摩淡然自若地乘龙相渡的场景。

乔奇

1997 年生，山东高密人。
2019 年拜希今为师，研
习专业的核雕技艺。

　　《罗汉论经》—— 罗汉是阿罗汉的简称，含有杀贼、无生、应供等义。此作品以两位罗汉在讨论经书

场景为题材，精心设计并以浮雕形式表现而出。

《罗汉论经》

　　作者：乔奇

　　材质：桃核

卜云鹏

现为辽宁省工艺美术大师、沈阳市工艺美术领军人才、沈阳大学客座教授、辽宁省核雕专业委员会会长、非遗传承人。
"依人核趣"创始人、北方学院派核雕代表作者之一，主编并出版全国第一本核雕教材《核缘》。

《笑纳百川》——　此作品刻画了一尊弥勒，神态怡然地盘坐于瑞兽之上。他仁爱地抱着怀中的一只小兽，脚踏双鼓，寓意风调雨顺。正所谓：开口便笑，笑古笑今，凡事付之一笑；大肚能容，容天容地，于人何所不容。

《笑纳百川》

作者：卜云鹏

材质：橄榄核

195

九月

本名叶发波，1989年生，
贵州安顺人。
2014年拜希今为师。作
品以创意花件为主。

《如意算盘》

作者：九月

材质：桃核

《如意算盘》——　此作品设计了一个兜着算盘的如意形象。算盘设计为六格（六六大顺之意），其上刻有中国结、元宝与古钱币，其底刻有一个玉璧。多种意象组合一体，传达出了君子爱财应取之有道的思想。

《在一起》—— 此作品的创作灵感源于一次作者早晨起床刷牙的日常景象。两个人在一起的一个重要

标志，不就是两者的牙刷长久地放在同一牙缸杯里吗？

《在一起》

作者：九月

材质：桃核

莫見乎隱　莫顯乎微

长平

本名于金辉，1985年生。2008年师从核雕技艺省级传承人希今，现被评为第六届中国非物质文化遗产潍坊核雕传承人。在桃核方寸之间，他将浅浮雕、高浮雕、圆雕等传统技法互相结合，巧妙运用桃核的纹理及沟壑，将各种形态的花鸟鱼虫、人物造型展现其上，惟妙惟肖。

《耳根》——罗汉挖耳妙趣生，悠然自得耳根清。不听世俗多烦音，一心只修向佛心。所谓耳根，是人因觉醒而生认识，是其认识世界的六种根源之一。所谓六根清净，耳根清净就是其中之一。此作品取挖耳之形，以示耳根清净。

《耳根》

作者：长平

材质：桃核

《来仪》—— 凤凰于飞，翙翙其羽。有凤来仪兮，见则天下安。凤凰相伴而飞，美丽的羽毛引来百鸟相随。这种圣洁的神鸟为人间带来吉祥如意，见之天下都将太平久安。

《来仪》

作者：长平

材质：桃核

高华林

字乐行，斋号核堂、千舍。1987年生，河南郑州人。

现为青田竹核雕协会会员、市级核雕技艺非遗传承人。

自幼爱好艺术，喜交民间艺人，行踪不定，求学四海。后师从高镂空雕刻创始人秋人。其打造的核潮品牌"千舍·造物"，专注于研习立体微雕刻技艺。其作品以高镂空、圆雕、立体微雕为主。

《茶馆》——取自老舍话剧《茶馆》中的人物形象。作者用橄榄核雕重新创作《茶馆》人物群像，描绘了清朝末年至民国时期，古老的中国处于巨大的变革之时，生活在北京城里的普通人的生活百态。小小的茶馆内，三教九流各色人等穿梭其间，此作品仿佛将人带回到那蒸腾的嘈杂声中。

《茶馆》

作者：高华林

材质：橄榄核

《核舟记》——　核舟是核雕作品中比较常见的题材，或是雕刻成小舟，或是雕刻成画舫，设计精巧，

雕工细致。本作品取材于明朝文学家魏学洢名篇《核舟记》，雕刻人物神态自若，颇为精巧。

《核舟记》

　　作者：高华林

　　材质：橄榄核

于承孝

80后，毕业于吉林大学测绘工程专业。自幼深受家族木工手艺的熏陶，对传统手工艺甚是喜爱。2012年加入"依人核趣"。其作品风格独特，想法大胆。其塑造的人物表情丰富多变，神态夸张传神，极具表现力。

《观》

作者：于承孝

材质：橄榄核

《观》——此作品略去复杂的装饰，减掉烦琐的衣纹，只剩下无尽的慈悲与庄严。菩萨静静地盘坐在那里，似山非山，似云非云，给人以无尽的遐想。

《虔诚》—— 这是一件表达信仰的作品。选用四花梅林核为原料，正面雕刻了一位虔诚的朝圣老者，背面刻有神圣的布达拉宫。拇指般大的果核可小到展现出皮肤的细致纹理，也可大到建起一座壮观宫殿。

《虔诚》

作者：于承孝

材质：橄榄核

白宮紅殿湛藍天
蓋世高原氣萬千
竺法漸傳三界遠
盛音盡繞佛堂前

赵华新

号仁进、三藏。1977年生，
江苏苏州人。
20岁时师从上海工艺大师
袁耀，研习雕刻技艺。

《悲欣交集》

作者：赵华新

材质：橄榄核

《悲欣交集》—— 此作品为传统题材的全新演绎，其人物造型师法弘一法师的佛画像，寓守禅意。四面造像的形式不仅富有创造性，更寄托了作者虔诚的创作之心。

《十八罗汉众生相》——此作品概括了作者独特的生活感悟：罗汉即众生，众生亦罗汉，皆为相。值得一提的是，其在传统苏工手法中借鉴了现代雕塑手法，巧妙地利用运刀力度以形成自然的龟裂纹，给人以冷峻、厚重之感，可谓形与意的巧妙糅合。

《十八罗汉众生相》

作者：赵华新

材质：橄榄核

《贪》——蛇在东西方文化中都可为贪婪的象征。此作品利用一颗残核，因势象形，刻画了一条憨态可掬的蛇，以此警示世人，生活中很多的贪欲，可能是由"美好"的事物而激起的。

《贪》

作者：赵华新

材质：橄榄核

《鹈鹕》

作者：[英] 尼克·兰姆

材质：黄杨木、墨檀木、18K 金

《半梦》

作者：[英] 尼克·兰姆

材质：黄杨木、墨檀木、18K 金

《清姬》

作者：[乌] 娜塔莎
材质：猛犸牙、大漆、螺钿

【雷神】

【天狗】

《蛋生系列》

作者：[乌] 奥列格

材质：猛犸牙、黑檀木

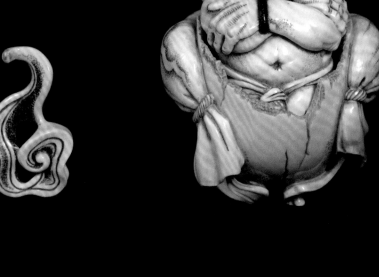

【风神】

《生肖虎》

作者：[乌]奥列格

材质：猛犸牙、黑檀木、螺钿

《生肖龙》

作者：[乌] 奥列格

材质：猛犸牙、黑檀木、螺钿

《麻雀》

作者：[乌] 奥列格

材质：猛犸牙、螺钿

《茨木童子的断臂》

作者：[乌]奥列格

材质：猛犸牙、黑檀木、黄杨木

《文福茶釜》

作者：[乌] 奥列格

材质：猛犸牙、黑檀木

《斗牛獚》

作者：[乌] 西奥多

材质：鹿角、铜、银

《钟馗捉鬼》

作者：[日] 樱井英之

材质：黄杨木

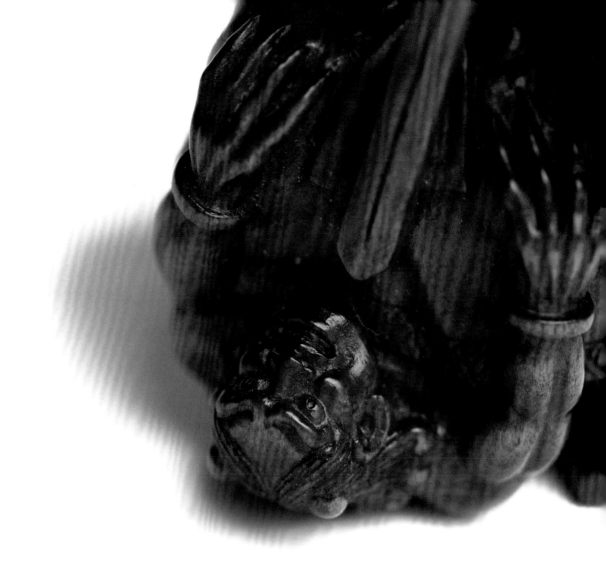

《海女》

作者：[日] 樱井英之

材质：黄杨木

《芭蕉的蝉》

作者：[日]安刚

材质：猛犸牙、水牛角

《海之声》

作者：[日]狛

材质：鹿角、龟甲

240

《狼鱼》

作者：[日] 狛

材质：黑檀木、牛角、鹿角

《开膛手杰克》

作者：[日] 狛

材质：鹿角、龟甲

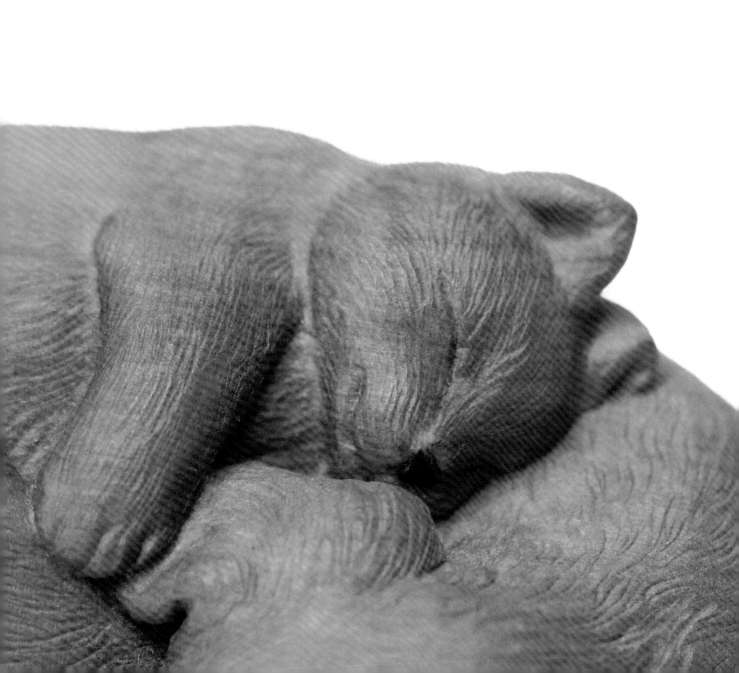

《家族的风景》

作者：[日] 狛
材质：黄杨木、黑檀木

《一人捉迷藏》

作者：[日] 狛

材质：黄杨木、鹿角、龟甲

246

《竹虎》

作者：[日]贵石

材质：虾夷鹿角、琥珀、牛角

《人鱼》

作者：[日] 贵石

材质：虾夷鹿角、黑檀木

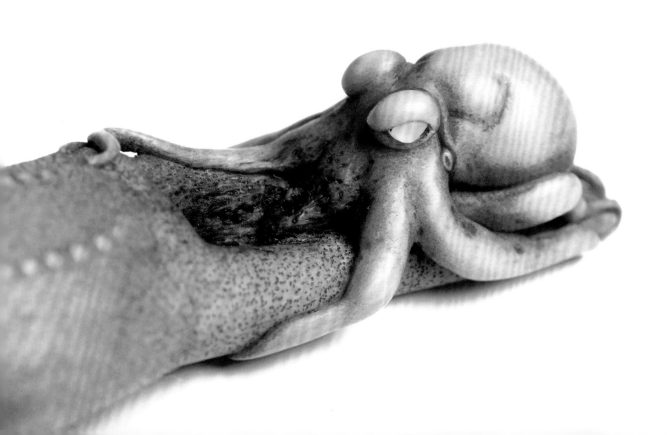

《蟹钳章鱼》

作者：[日]道甫

材质：鹿角、贝壳

《伸　食梦貘》

作者：[日] 道甫

材质：虾夷鹿角、羊角

《枪毛族长》

作者：[日] 道甫

材质：虾夷鹿角、黑檀木、螺钿

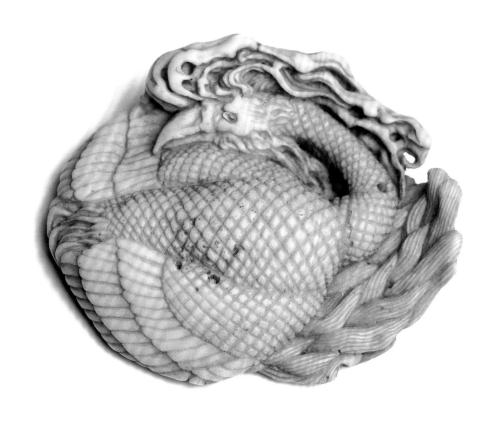

《始祖云鸟》

作者：[日] 道甫

材质：鹿角、琥珀

《把握》

作者：[日]黑岩明

材质：黄杨木

《琉璃鸟 天狗》

作者：[日] 歌风

材质：黄杨木

《白蛇》

作者：[日] 歌风

材质：鹿角、漆

《袈裟御前》

作者：[日] 河原明秀

材质：黄杨木、黑檀木、猛犸牙

《珊底罗神将》

作者：[日]河原明秀

材质：黄杨木

《弁庆 劝进帐》

作者：[日] 河原明秀

材质：黄杨木、黑檀木

《木灵》

作者：[日] 加贺美光训

材质：鹿角、黑檀木、水晶、龟甲、金箔

《晚夏雾月》

作者：[日]加贺美光训

材质：黑水牛角、鹿角、螺钿、黑檀木、云母

《叶蛙》

作者：[日] 利步

材质：虾夷鹿角、琥珀

《骨蛇之争》

作者：[日] 利步

材质：黄杨木

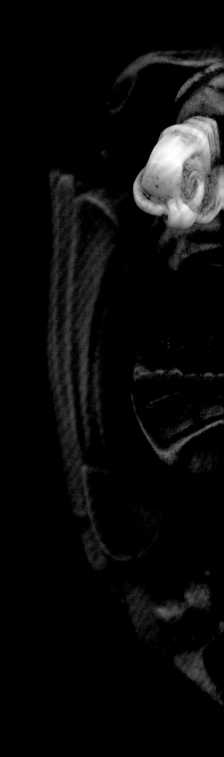

《织田信长》

作者：［日］利步

材质：黄杨木、鹿角

《武田信玄》

作者：[日]利步

材质：黄杨木、鹿角、黑檀木

《上杉谦信》

作者：[日] 利步

材质：黄杨木、鹿角、黑檀木

《团粟蛙》

作者：[日] 利步

材质：鹿角、水牛角

《狸的举重》

作者：[日] 斋藤美洲

材质：虾夷鹿角、羊角、亚克力

作者：[日] 斎藤美洲

材质：猛犸牙、羊角、亚克力

《春草》

作者：[日] 斎藤美洲

材质：猛犸牙、羊角、亚克力

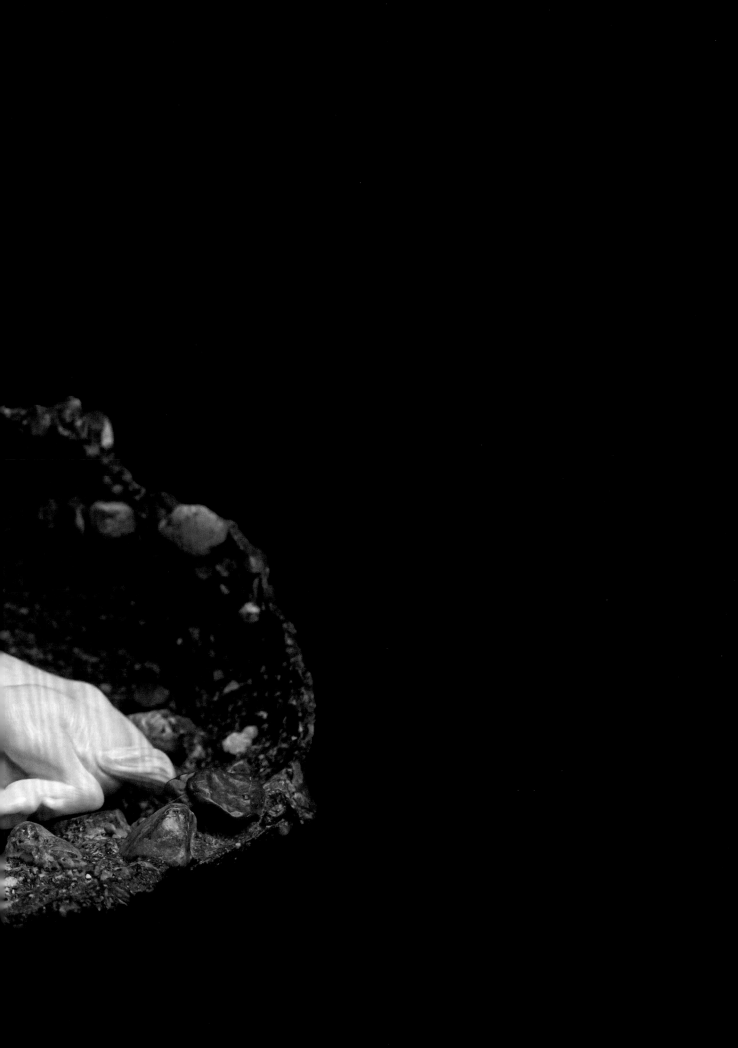

《兔》

作者：[日] 斎藤美洲

材质：猛犸牙、亚克力

《喜寿鼠》

作者：[日] 斋藤美洲

材质：猛犸牙、亚克力

《相扑蛙》

作者：[日] 三昧

材质：黄杨木、黑檀木

《爱虫的公主》

作者：[日] 神立

材质：黄杨木、黑檀木

《竹上的虎》

作者：[日] 藤井安刚

材质：虾夷鹿角、琥珀、大漆

《金蛙》

作者：[日] 万征

材质：鹿角、银、铜

《神社姬》

作者：[日] 至水

材质：虾夷鹿角、牛角

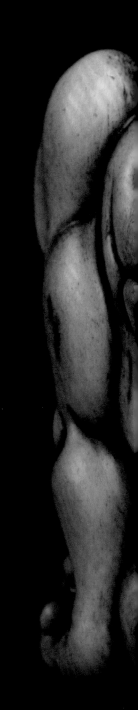

《神明召唤》

作者：[日] 至水

材质：鹿角、黑水牛角

《天山奇神》

作者：[日] 至水

材质：虾夷鹿角、牛角

《雨师妾》

作者：[日]至水

材质：虾夷鹿角、黑檀木、铜

《茂林寺釜》

作者：[日] 至水

材质：鹿角、黑檀木

《朝阳谷水伯》

作者：[日] 至水

材质：虾夷鹿角

曰䲡狀如人、其行如人、前如風、見人則善叫、大同坦其

《欲张》

作者：[日]紫苑

材质：黄杨木、黑檀木

《黄金鼠》

作者：[日]紫苑

材质：黄杨木、黑檀木

《粟子猪》

作者：[日] 紫苑

材质：黄杨木、黑檀木、鹿角

《木桶犬》

作者：[日]紫苑

材质：黄杨木

《蛇》

作者：[俄]瓦迪姆

材质：黄杨木、黑檀木、银

《鼠》

作者：[俄] 乌彭斯基

材质：猛犸牙、琥珀

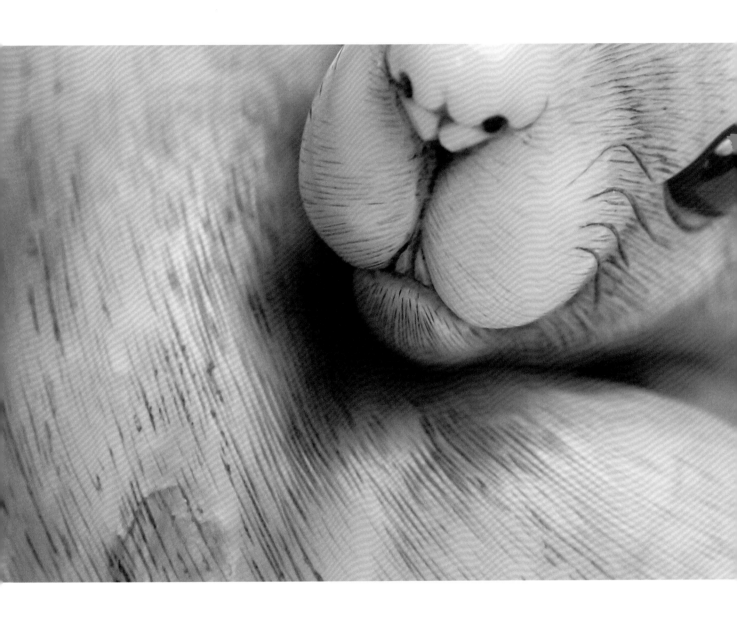

《跃兔》

作者：[美] 山道

材质：冬青木、琥珀、亚克力

《浊世行》

作者：本

材质：鹿角

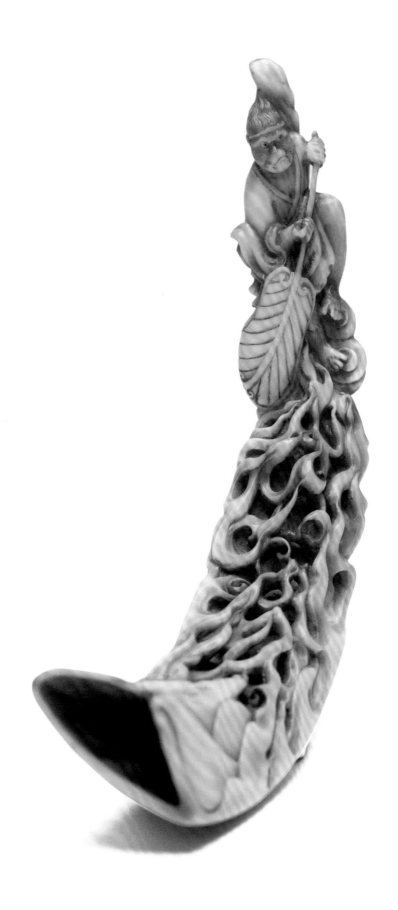

《火焰山》

作者：辰午

材质：猪牙

步想山遥几百程 步光大地有声名

岁崇一五漏丹难熟 步烛三关岁不清

时借芭蓬施雨露 多多牧功神功

争牛仿佛步步 劳动步托联坊自平

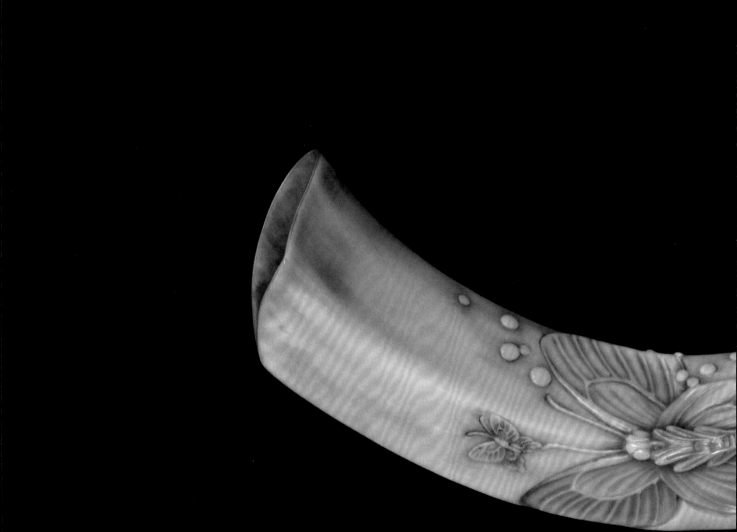

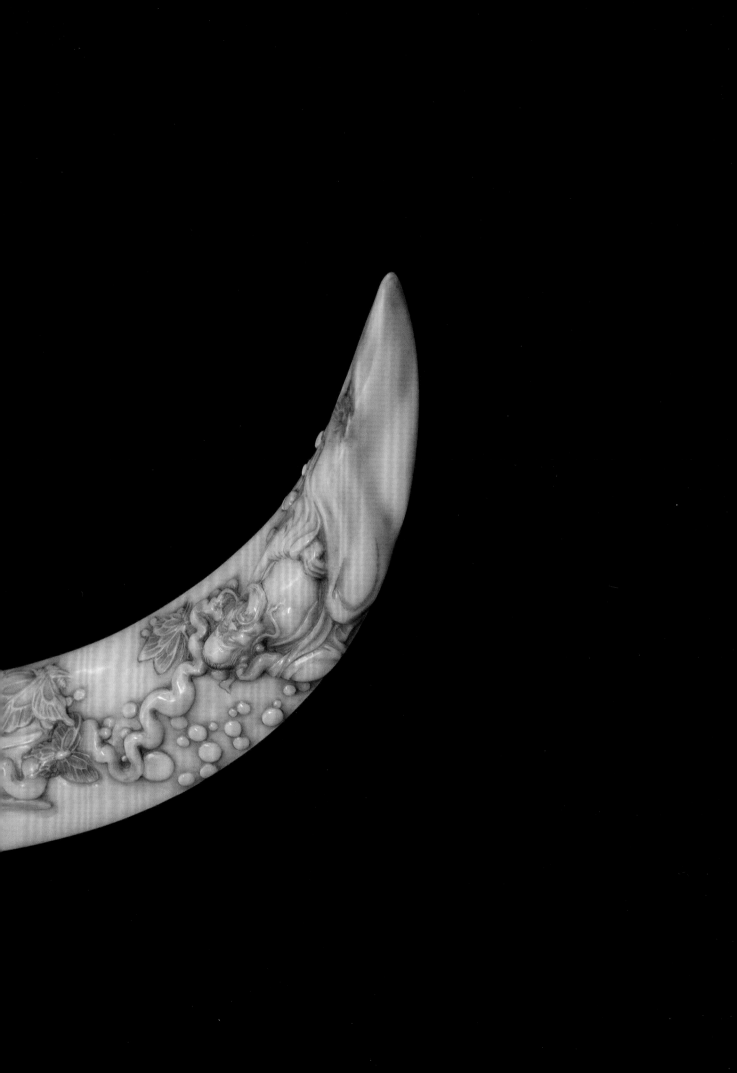

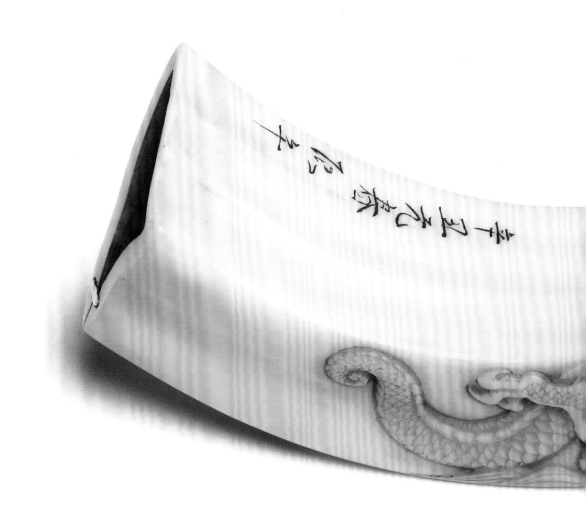

《游龙》

作者：辰午

材质：猪牙、黑檀木

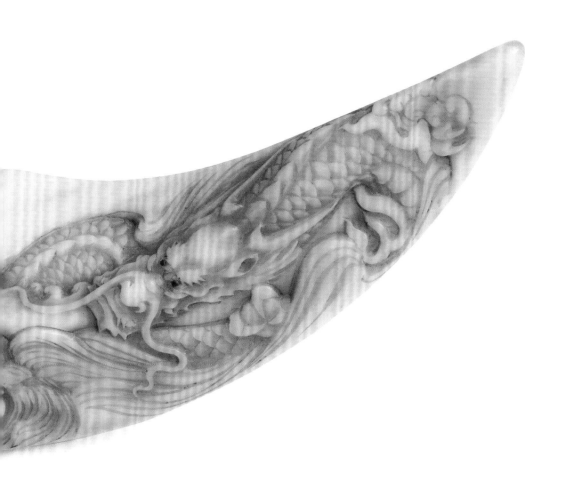

《钟馗》

作者：大鱼

材质：虾夷鹿角

《掩耳盗铃》

作者：封尘

材质：虾夷鹿角、黑檀木、黄铜

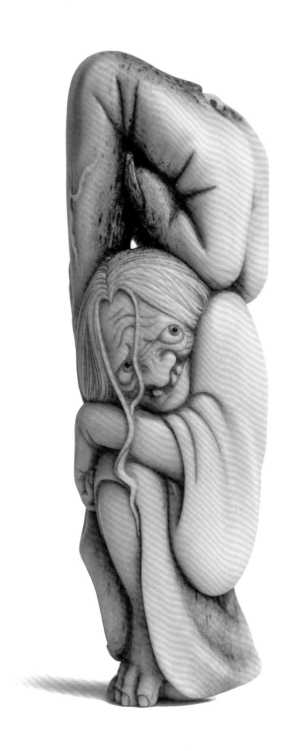

《鬼婆盗腕 茨木童子》

作者：封尘

材质：虾夷鹿角、螺钿、珊瑚、黑檀木

《石破天惊》

作者：封尘

材质：虾夷鹿角、琥珀、黑檀木

324

《恶卷》

作者：封尘

材质：虾夷鹿角、乌木

《小菜一碟》

作者：封尘

材质：鹿角、黑檀木、螺钿、琥珀

《猪》

作者：金强

材质：鹿角、黑檀木

《俏皮虎》

作者：六番

材质：鹿角、蜜蜡

329

《孤月凝香》

作者：希今

材质：猪牙、24K 金

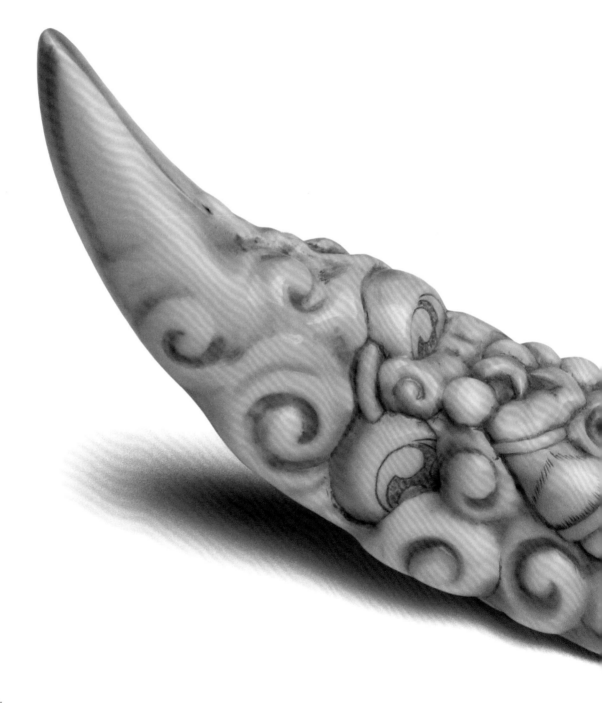

《雷神》

作者：徐清

材质：猪牙、黑檀木

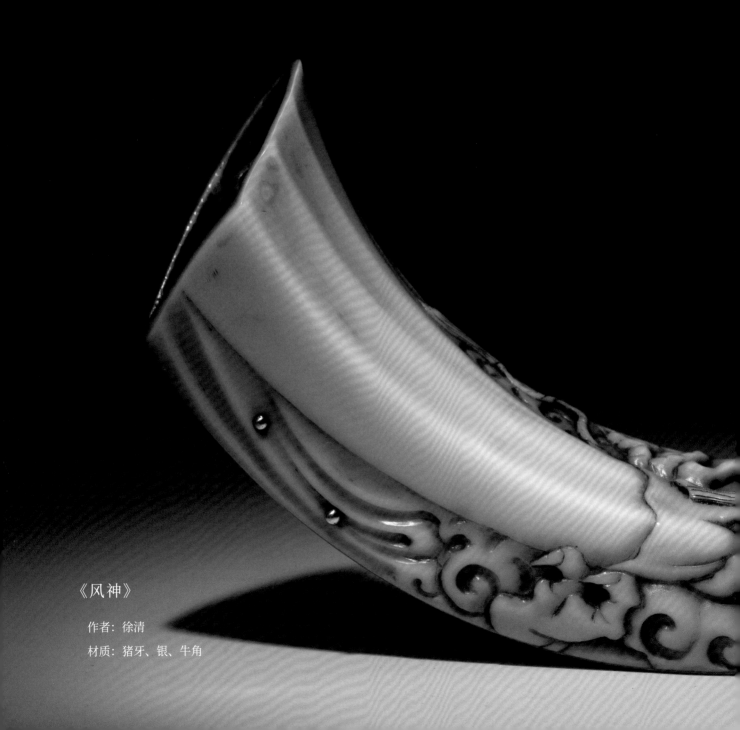

《风神》

作者：徐清

材质：猪牙、银、牛角

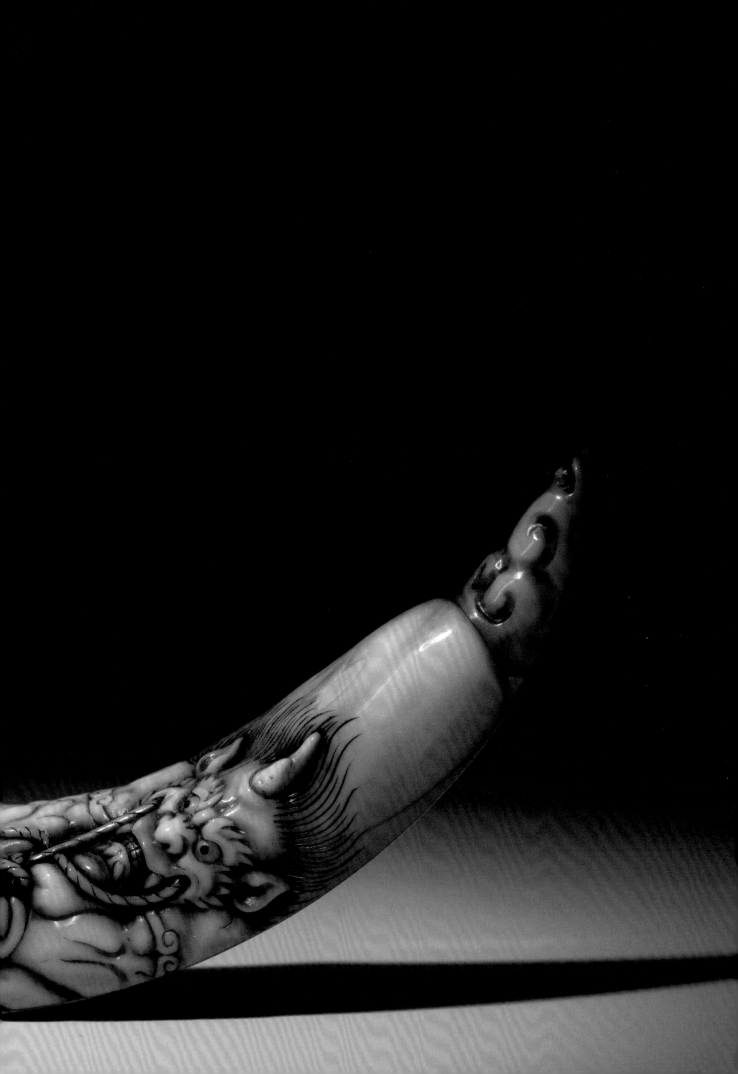

《福面》

作者：徐清

材质：虾夷鹿角、黄杨木、南红、牛角、银

《黑虎》

作者：徐清

材质：鹿角、螺钿、大漆、银、黑檀木

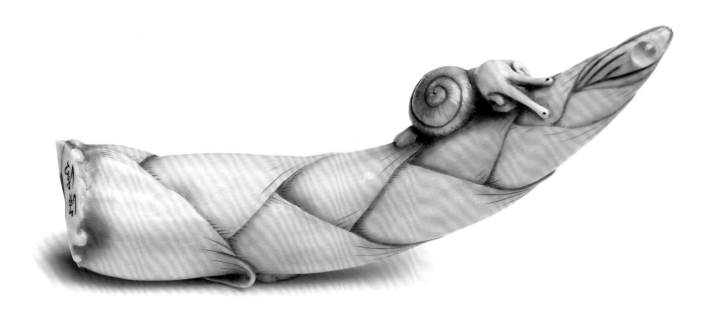

《朝露》

作者：徐清

材质：猪牙、琥珀、黑檀木

《亥猪》

作者：徐清

材质：黄杨木、琥珀、黑檀木、鹿角

《逆战》

作者：一土

材质：鹿角、牛角、银

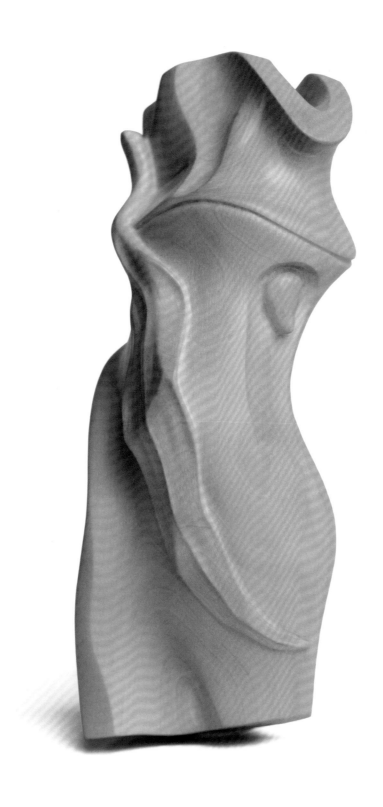

《竹意》

作者：易鑫

材质：黄杨木

《饮自在》

作者：易鑫

材质：和田青玉

《庚子往事 墙》

作者: 英喆

材质: 虾夷鹿角、乌木、银

《慧眼识猪》

作者：英喆

材质：鹿角、螺钿

《卯》

作者：永贵

材质：黄杨木、南红

《疯猴败象》

作者：羽昆

材质：鹿角、黑檀木

《奔波儿灞 灞波儿奔》

作者：羽昆

材质：鹿角、牛角、黑檀木

《舟幽灵》

作者：耘茂

材质：葫芦、虾夷鹿角、黑水牛角、珊瑚、琥珀、银、黑檀木

《丑》

作者：耘茂

材质：黑檀木、鹿角、羊角、18K 金

《生首》

　作者：竹马

　材质：黄杨木、螺钿、猛犸牙、黑檀木

《横纲》

作者：子一

材质：猛犸牙、黑檀木

《黑无常》

作者：子一

材质：鹿角、螺钿、黑檀木

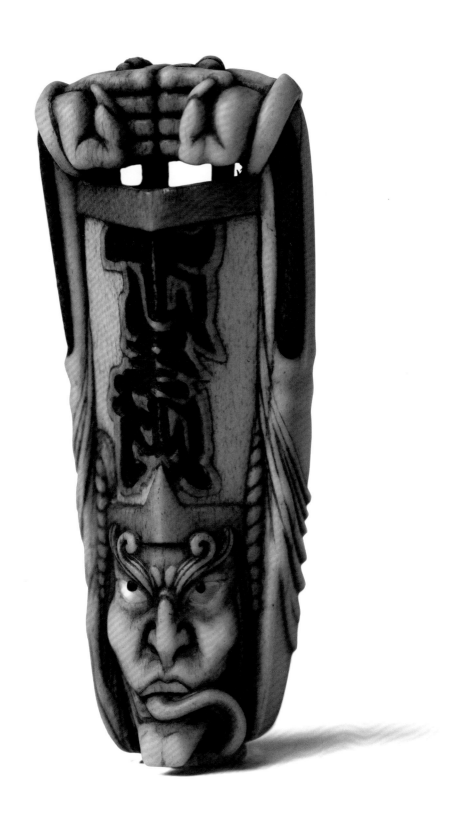

《白无常》

作者：子一

材质：鹿角、螺钿、黑檀木

《达摩》

作者：子一

材质：猛犸牙、黑檀木

《鬼达摩》

作者：屹人

材质：鹿角、桫椤

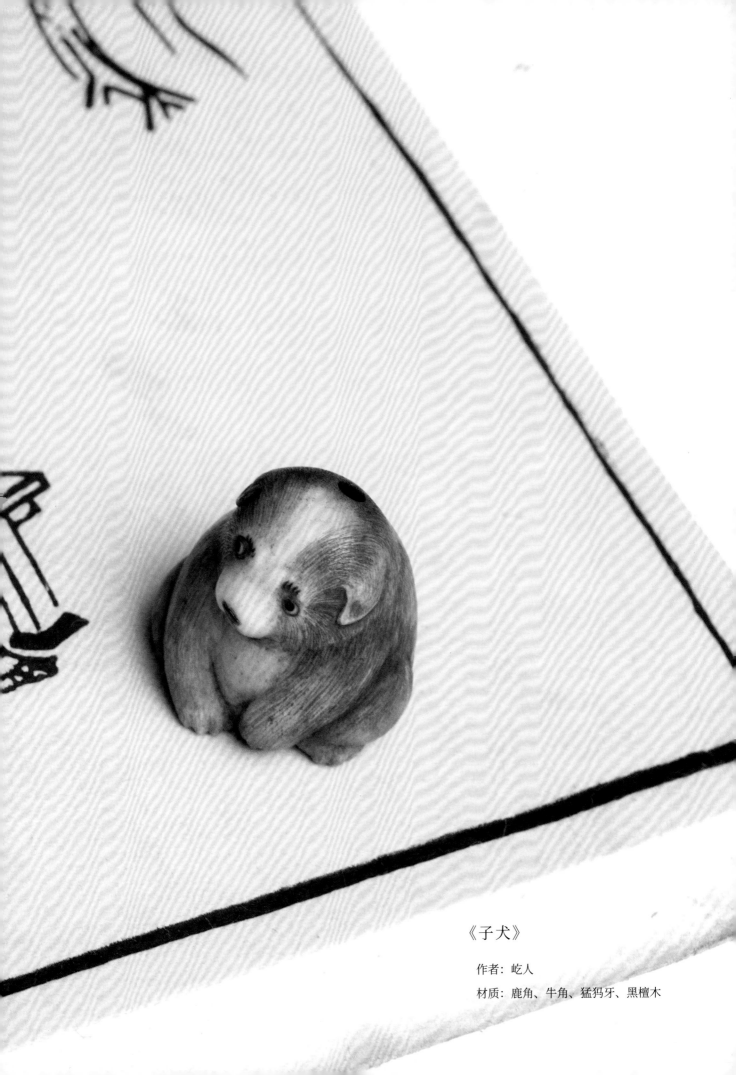

《子犬》

作者：屹人

材质：鹿角、牛角、猛犸牙、黑檀木

《石敢当》

作者：屹人

材质：鹿角、黑檀木

《激战》

作者：屹人

材质：鹿角、黑檀木、牛角

《狮子》

作者：屹人

材质：鹿角、黑檀木

《飞头蛮》

作者：子竹

材质：鹿角

《火神·颙》

作者：子竹

材质：虾夷鹿角、牛角、螺钿、猪牙

《月圆之夜》

作者：子竹

材质：虾夷鹿角、螺钿

《不动明王》

作者：子竹

材质：鹿角、银、24K 金

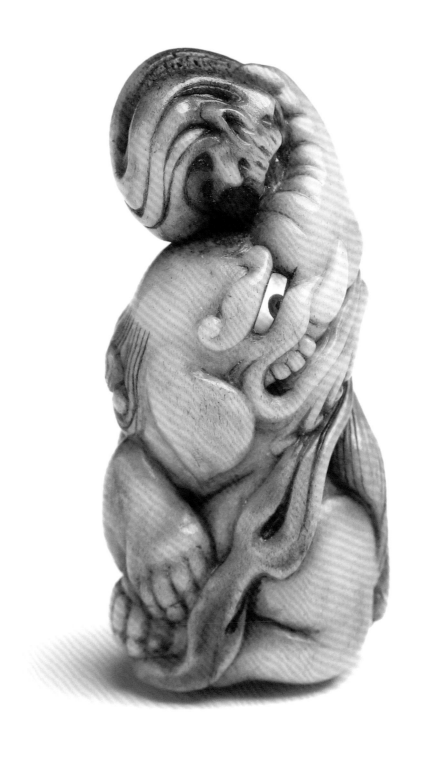

《食梦貘》

作者：子竹

材质：鹿角、黑檀木

《山海经 尚付》

作者：子竹

材质：猪牙、黑檀木

根付概述

　　根付起源于17世纪的日本江户时期，是系挂在腰带上，用于连接提物的实用器具。最初根付简单取材于竹、骨、木、贝等自然材料，后来发展出诸多分类，其雕工与设计也越发精巧绝伦，而且不同年代的根付都会有着各自明显的时代特征，相较于其他一些艺术品，也更加贴近生活。这其中一些选材考究，雕刻精美的根付就被人们当作彰显其身份与地位的"奢侈品"，将其置入掌心，方寸之间恍若乾坤在握。

　　到了19世纪，大量根付漂洋过海进入欧洲市场，被当时的收藏家们视为异域珍宝。之后在欧美，进一步引发了"根付热"，许多外国艺术家深受其影响，从而加入创作，成为一名根付师，于是这原本小小的随身物件便成为世界性的艺术品。

　　时至今日，根付基本上已经失去了其实用性，它带给人们更多的是其独特的艺术性以及收藏、鉴赏价值。如今世界各地的根付师们，仍然坚持在保留根付原有特性的前提下进行创作，我们在欣赏他们的作品时，除了赞叹其巧夺天工的技艺之外，也会为这方寸之内的匠心独运而深深折服。

郭　磊

　　民俗学者。现任北京市民间文艺家协会会员，"文玩天下"联合创始人，文玩领域资深行业专家。曾从事过多年企业管理工作，受家庭熏陶，进入文玩行业。成功策划了于国家会议中心举办的中国文玩博览会，至今已开办十届。曾撰写多部"文玩天下"出版的系列丛书，并提供相关图文内容。先后接受《三联生活周刊》《北京青年报》《新京报》等报刊的采访报道，为《财富大讲堂》《天天理财》电视节目嘉宾。

方寸乾坤

群言出版社

QUNYAN PRESS

·北京·